仮面の黒騎士。
正体バレたので
もう学園でも無双する
The Black Knight's true identity has been revealed,
so he is unrivaled.
JN179053

BLACK KNIGHT
黒騎士
BLACK KNIGHT

――英雄《ヒーロー》が、やって来た。

ドクン、と。ルナの心臓が跳ね上がる。

涙はどんどん零れていくのに、どうしてか顔に上ってきた熱だけは出ていかない。

視線が離せない。

この時、ルナという女の子は――自分が彼に熱っぽい瞳を向けていることに、気づかないわけがなかった。

――『黒騎士』。

誰かのために剣を握る少年に、ルナの心は奪われてしまった。

剣を握らせば凡。魔法を教えても結局は凡。それだけではなく、鍛錬に勤しもうともせずに日々自堕落な毎日を送る。
故に家族からも社交界でも嫌われ、周囲からは『アスティア侯爵家の恥さらし』と呼ばれるようになった。
その少年が、実は――
『黒騎士の正体はまさか
アスティア侯爵家の恥さらし』
だそうですよ、ご主人様

ちくしょうがあああああ
アデル
ADELE ASTIA
ADELE ASTIA

また女の子を誑かしているのですか、ご主人様
エレシア
ELESIA
ELESIA

ルナ
LUNA
姫さんも惚れるわけですねぇ
セレナ
SERENA
（きゃー！ やっぱり『黒騎士』様さいこー!!!）

BLACK KNIGHT

The Black Knight's true identity has been revealed,
so he is unrivaled.

INDEX

仮面の黒騎士。正体バレたのでもう学園でも無双する

楓原こうた

ファンタジア文庫

3482

口絵・本文イラスト　へいろー

仮面の黒騎士。
正体バレたのでもう学園でも無双する

（著）楓原こうた　（画）へいろー

author
Kota Kaedehara

illust
Heiro

BLACK KNIGHT

The Black Knight's true identity has been revealed,
so he is unrivaled.

プロローグ

「ねぇ、このまま逃げてもいいの⁉」

とある国境付近の森の中。

そこへ、五頭もの馬が人を乗せて激しいスピードで駆けていく。

月のような金の髪を靡《なび》かせる一人の少女は、そのうちの一頭の上に乗りながら声を大にした。

「このまま街へ逃げ込むのです！　我が国の街であれば必ず保護してくださります！」

「私、戦えるよ⁉」

「確かに、姫様の魔法があれば非常に助かります。ですが、相手は――」

一人の騎士がそう言いかけた瞬間、頭上が瞬《またた》いた。

反射的に見上げると、そこには巨大な火の玉がいくつも自分達に向かって降り堕《お》ちてくる光景が。

「子供《わたし》の範囲を超えてるね……ッ！」

少女は咄嗟《とっさ》に馬から飛び降り、そのまま身を転がす。

馬は手綱から放たれて先を走っていくが、すぐさま火の玉に呑《の》み込まれてしまった。

「ひ、姫様っ！」

「私は大丈夫……だけど」

馬はなくなり、三人の騎士が火の海の先に。

自分側に残っているのは、一人の騎士だけ——

「ばッ……？」

——と思った矢先。

横にいた騎士の首から鋭利な剣が顔を出した。

何が起こったのか？　刺されている騎士も、血飛沫《ちしぶき》を浴びた少女もわけが分からず固まってしまう。

だが、それも騎士の一人が地面に崩れ落ちたことによって現実へと戻される。

『お、お前ら⁉』

『何故《なぜ》こっちにも先回りしてガッ⁉』

『姫様、お逃げくだ……』

火の海の向こうで、聞き慣れたはずの騎士達の声が聞こえる。

聞こえたかと思えば、みずみずしい音が響いた瞬間から消え去ってしまう。

少しして。もう、騎士達の声が聞こえることもない。

代わりに、森の中から現れた黒い装束を纏《まと》った男達が何人も姿を見せる。

『ルナ・カーボン……王国の第二王女だな?』

声を発した男の手には、鋭利なナイフが二振り。他の男達も剣や杖《つえ》といった武器を握っており、対して少女――――ルナの手には何も握られていない。

(魔法は使えるけど……ッ!)

圧倒的不利。

数も、武器も、体格も。何もかもが劣勢。

騎士をあんなにもいとも容易《たやす》く殺してみせたのだ、己が立ち向かったところで勝てるはずもなし。

しかも、頼みの綱であった馬は火の海の中へ消えてしまっている。つまりは、この人数相手に逃亡も不可。

「あなた達は誰⁉」

『………………』

「どうして私を殺そうとするの⁉」

男達は終始無言。

素性がバレるのを恐れているのか、それとも会話を交わす気を持っていないからか。

いずれにせよ、その無言が心を恐怖で蝕《むしば》んでいく。

（死ぬの……？）

ガサリと、声を発した男がナイフを手に歩き出す。

（私は、ここで死んじゃうの？）

まだまだやりたいことはたくさんあったのに。

楽しみにしていた学園生活。友達もいっぱい作って、難しいかもしれないが恋愛もして、美味《おい》しいものもいっぱい食べて、お勉強して。

それなのに、ただ王女という理由で殺される。まだ何も成し遂げていない。

視界に映る男達全てが己の命を狙ってくる――年頃の女の子が、恐怖しないわけがない。

「い、や……」

後退《あとずさ》るが、背中から感じ取るのは激しい熱気。

少し視線を下げれば、そこには先程まで一緒にいた騎士の骸《むくろ》が。

「い、やだ」

死にたくない。

死にたくない死にたくない死にたくない死にたくない死にたくない死にたくない死にたくない死にたくない死にたくない死にたくない死にたくない死にたくない死にたくない死にたくない死にたくない死にたくない死にたくない死にたくない。

誰か――

「たすけてよぉ！」

そして、

「分かった」

英雄《ヒーロー》が、やって来た。

『は？』

必要以上は喋《しゃべ》らなかったはずの男が、初めて必要以外の言葉を発した。

ただ、それだけ。ナイフを持っていたはずの男の視界は一瞬にして一回転し、そのまま頭だけが地面を転がる。

男が最後に目にした光景。それは、黒い蔦《つた》でできたお面をつける一人の少年が巨大な剣を横薙《な》ぎに振るった姿であった。

「その言葉だけで充分」

ザクッ、と。少年はゆっくりとルナの前へと歩き出す。

近づいてきたから分かった——黒い剣が、金属でできていないことを。単純な、蔦の集合体。それが、全体を覆っている。

「俺は俺の役割を全うする」

少年は剣を地面に突き立てる。

そして、小さく口を開いたのであった。

「『森の王』」

次の瞬間、森の至るところから何かが伸びてくる。

蔦や、草や、木が。その全てが、周囲一帯にいた男達の下へと襲い掛かった。しなる蔦は何故か四肢を両断し、伸びる木は胴体に突き刺さり、草は顔を覆って空気をなくす。

『『『『ッッッ⁉⁉⁉』』』』

こんな状況においても声を出さないのは、流石《さすが》は暗殺者といったところか？

それぞれが突如現れた猛威を受け、血飛沫を上げながら地に倒れていく。

「な、ん……ッ⁉」

ルナは、その光景を見て驚かずにはいられなかった。

あの人数が、本当に一瞬で。

絶望めいた時間で、願ってはいたが誰も助けてくれないと思っていたのに。

窮地から救済へと、状況が一変してしまった。

(そ、そういえば)

聞いたことがある。

困っている人や助けを願う者の前に颯爽《さっそう》と現れ、手を差し伸べてくれる英雄《ヒーロー》がいると。

その人間は蔦でできたようなお面をつけ、背丈と声音からまだ若い少年だと予想される。

剣の腕前は少年の身でありながらも他者を凌駕《りょうが》できるほどの腕前であり、植物を扱う見たこともない魔法を自在に操る。

総評して、彼の実力は――異常。

そして、その存在は巨大な剣が、誰かを守る人間である騎士という存在を連想させるが故に、皆は敬意を込めて――『黒騎士』と、そう呼称していた。

「間に合わなかった人もいる……か。ごめんな、助けられなくて」

少年はルナへ手を差し伸べる。

「家までは送れないが、近くまでは送るよ。まだ敵がいるかもしれないから、弔いは落ち着いた時にした方がいい」

歩けるか、と。尋ねられたが、ルナはどうしてか反射的に首を横に振ってしまった。

動きたくない、……というわけではなく、動けなかったのだ。

先程まで死を覚悟し、否定したくて縋《すが》って、願って、恐怖して。いきなり目の前に迫っていた脅威が消えたのだ。

押し寄せてくるのは、安堵《あんど》と目の前で護衛の人間が死んでしまったという、悲劇の余韻。

ルナの瞳からボロボロと涙が零《こぼ》れる。

すると、少年はお面越しに頬を掻《か》いて――

「あー……その、セクハラとか言わないでくれよ？」

ルナの小さな頭を、胸へと抱き寄せた。

「ッ⁉」

「た、たまにさ『今だけ』ってお願いされることがあるんだよ。俺にはよく分からんけど、人の温かさを感じると安心するんだってさ」

本当に温かかった。誰もいなくなった中で、唯一自分に温かさをくれた人。

嬉《うれ》しく思わないわけがなかった。優しく抱き留められた感触が、そのまま瞳にまで伝播《でんぱ》

していき……余計に涙を誘発する。

「……今だけ」

少年は、表情の見えぬお面をつけたまま、ルナの顔を覗《のぞ》き込んで言い放った。

「今だけ、好きなだけ泣いてもいい。どうせ、いるのは素顔の見えない赤の他人だけだから」

ドクン、と。ルナの心臓が跳ね上がる。

涙はどんどん零れていくのに、どうしてか顔に上ってきた熱だけは出ていかない。

視線が離せない。

この時、ルナという女の子は――――自分が彼に熱っぽい瞳を向けていることに、気づかないわけがなかった。

――――『黒騎士』。

誰かのために剣を握る少年に、ルナの心は奪われてしまった。

黒騎士

――巷《ちまた》では『黒騎士』という人間の噂《うわさ》が広まっている。

漆黒の剣を携え、どこからともなく現れては助けを求めている人に手を伸ばす。

盗賊に襲われた時、攫《さら》われた時、戦争に巻き込まれた時などなど。

どこからやってくるのかも不明であり、蔦でできたようなお面が素性を明かしてはくれない。

故に、『黒騎士』の正体は一切が不明。

分かることは巨大な剣を扱い、騎士でありながらも類稀《まれ》なる魔法を扱い、困っている人がいれば颯爽と現れる――英雄《ヒーロー》だということ。

背丈は高いが、声音からどうやら十四から十七歳ぐらいという話は挙がっているものの、それも不確かな情報だ。

一切が不明。

それでも、実際に助けられた人は数多く、その存在だけが噂として広がっていた。

しかし、最近。その噂も少し変わっていた――

「『正体不明の英雄。黒騎士の正体はまさかアスティア侯爵家の恥さらし』、ですか」

一人のメイドが、ソファーに座りながら新聞を読み上げる。

あどけなさが残りながらも美しい端麗な顔立ち、腰まで伸びる銀髪は若干ウェーブがかかっており、瞳は宝石と見紛《みまが》うほどの澄んだアメジスト色。

クビレのハッキリしている肢体は同性が羨むほどであり、間違いなく街を歩けば誰もが目を惹《ひ》かれる容姿をしている。

そんなメイドの少女――エレシアはチラリと横を見て小さく笑った。

「だそうですよ、ご主人様」

「ちくしょうがぁぁぁッッッ!!!」

とある平日の昼下がり。

由緒《ゆいしょ》正しい騎士家系であるアスティア侯爵家の屋敷の一室にて、そんな声が響き渡った。

「おかしい……本当におかしい！　何がどうなったらこんな未来になったんだ⁉」

短く切り揃《そろ》えた金髪の少年が執務机にて頭を抱える。

王国の騎士団長や英雄といった数多くの才能ある者を輩出してきたアスティア侯爵家。

才能ある者ばかりの家系には一人、なんの才能もなく生まれてきた少年がいた。

剣を握らせれば凡。魔法を教えても結局は凡。それだけではなく、鍛錬に勤《いそ》しもうともせずに日々自堕落な毎日を送る。

故に家族からも社交界からも嫌われ、周囲からは『アスティア侯爵家の恥さらし』と呼ばれるようになった。

その少年が、実は——

「暑くてお面を脱いだ矢先に記者と遭遇……結局、好奇心旺盛なパパラッチには気をつけた方がいいってことですね」

「あの記者、いつかお母さんに泣き縋《すが》るほどお尻をぶっ叩《たた》いてやるッ！」

アスティア侯爵家の恥さらしと呼ばれる少年——アデル・アスティアは瞳に憤《いきどお》りを見せる。

とても『黒騎士』と呼ばれるほどのヒーローが見せる瞳とは思えない。

「ですが、よかったではありませんか。お陰でアスティア侯爵家の恥さらしという汚名が一夜にして払拭《ふっしょく》されようとしているのですから」

「嫌だよイメージアップなんて！　俺はずっと金魚の糞《ふん》でいたかったのゴロゴロ自堕落ライフしたいの！」

『自堕落目指せ怠け者☆』がモットーなアデル。

　このまま評判がうなぎ登りになるようなことがあれば注目は必至。せっかく定着させた恥さらしが綺麗《きれい》に払拭され、待っているのは忙《せわ》しない馬車馬ライフだ。

「その話が我が家族の耳に届いたらどんな反応をされることやら……間違いなく自分の騎士団に引っ張って訓練任務漬けの毎日を送る羽目に――」

「そういえば、ご当主様が急遽《きゅうきょ》辺境任務からこちらに戻られているとのことです」

「耳に届くの早くない⁉」

　まだパパラッチに撮られてからそんなに日が経《た》っていないのに、と。

　アデルはひっそりと涙を流すのであった。

「しかし、助けられた私が言うのもなんですが、何故《なぜ》人助けなどを？　こうなるであろうことは想定できたはずですが……」

　汚名を払拭したくはない。今のままでいたい。

　であれば、そもそも誰かを助けるような真似《まね》をしなければよかったのだ。

　持っている多大な才能をずっと隠し続ければ、今もなお望む自堕落な生活が送れたはず。

　しかし、アデルは――

「寝れなくね？」

「はい？」

「いや、だからさ……困っている人がそこにいるのに、見て見ぬ振りしたら寝覚めが悪いだろ」

アデルは頬杖《ほおづえ》をつき、さも当たり前のように口にする。

「手を伸ばしたら助けられる人がそこにいて、見て見ぬ振りして快適な睡眠が送れるとでも？　今喋《しゃべ》っている間にも見捨てたあの子は泣いていて……って考えたら、そりゃ手を差し伸べるだろ」

「………………」

「要するに、俺の安眠のため！　自堕落ライフに不安要素なんてお断り、以上！」

机に置いてあるもう一つの新聞を見て顰《しか》め面をするアデル。

そんな姿を見て、エレシアは思わず口元を緩めてしまった。

（まったく……お優しいんですから）

自分のためと言っておきながら、結局は誰かのため。

こうして新聞に載るほど『黒騎士』として誰かを救ってきたのだ——自己満足だけで解決できるわけがない。

確かに、普段の生活は侯爵家の恥さらしに相応《ふさわ》しいほど堕落したものだろう。

それでも、エレシアはアデルのことを蔑む気にはならない。

むしろ、この胸の高鳴りはまったくをもって逆。

エレシアは薄《う》っすらと頬を染めながら立ち上がって近づき、そのままアデルの股の間に腰を下ろした。

「それでは、ご家族と同じように騎士団に加入されては？」

「こら待て、そのスキンシップをしたまま平然と話を進めるな思春期ボーイなんだぞ俺は」

「私だって甘えん坊ガールです」

「はぁ……俺が鋼の理性ばかり磨いているって思ったら大違いなんだけどなぁ」

アデルはため息をつきながら、座るエレシアの頭を撫《な》でた。

それが嬉しかったのか、エレシアはアデルに身を任せる。

「話は戻しますが、侯爵家の誰よりも才能があるご主人様であれば、騎士団加入も容易だと思います。人助けをするのであれば、そっちの方が動きやすいかと」

「だからさっきも言ったじゃん。訓練やだし、寝る時間も遊ぶ時間も女の子とイチャイチャしたり一緒にナニする時間も――――」

パキャ♪

「……なぁ、今物凄《ものすご》い速さで俺の肩が外されたんだが？」

「可愛《かわい》い女の子の悪戯《いたずら》でしょうか？」

「可愛い女の子の定義に反しそうな悪戯……」

どうやら他の女の子とナニ発言は可愛い女の子には許せないものだったようで。

アデルは涙目になりながら外された肩を戻した。

「っていうか、マジでどうするかなぁ……」

我に返り、視界に入った新聞の一面を見てもう一度ため息をつく。

「買い出しに出掛けた際にも、ご主人様の話で持ち切りでしたね。それどころか、今はご主人様にお会いしたいという貴族の申し出ばかりです」

「そっちは断れるからある程度は問題ないんだが……目下、面倒な記者が所構わず姿を見せる方が悩みの種だな。現在進行形で屋敷に不法侵入して地下牢《ろう》に幽閉されてるのが恐ろしいところだ」

「記者根性もすでにストーカーの域ですね」

「どうせすぐに出てくるだろうしもう本当に鬱陶しいことこの上ない……ッ！」

ただでさえ、身バレの元凶でもあるのに、蝿《はえ》以上に鬱陶しいともなれば目も当てられない。

「けど、このまま家にいれば間違いなく馬車馬の道に引っ張られる恐れがある……っていうより、現在一番目を背けたい大問題の父上が迫ってきてる。性格的に絶対に騎士団に入らされる」

「他のご兄妹様方《きょうだい》も直《じき》に戻ってこられるでしょう」

「そっちもそっちで面倒なんだよなぁ。普通に『お前みたいなやつが「黒騎士」なわけないだろ！』って挑発されるか『よし、噂が正しいかどうか確かめてやろう』って剣を抜かれるかの二択」

「ふふっ、ご主人様はご家族に愛されておりますね」

「今の二択に愛は感じなかったけどな」

んー、と。アデルは腕を組んで天井を見上げながら悩む。

そんなアデルに、エレシアはぺたぺた体をくっつけながら甘え――

「そうだッッッ！！！」

「きゃっ！」

いきなりのボリュームに、エレシアは思わず可愛らしい声を出してしまう。

「い、いきなり大声を出さないでください。大声大会の参加表明は静かにですよ……」

「まぁ、待てエレシア。この参加表明には意味があるんだ。具体的に言うと素晴らしい妙案が浮かんだというかなんというか！」

興奮気味に、アデルは腕を振る。

その姿は正しく歳相応《とし》というかなんというかであった。

そして――

「学園に入学しよう！　情報源を隔離すれば情報も遮断される！『黒騎士』騒ぎのほとぼりが冷めるまで、全寮制の三年間を謳歌《おうか》しようじゃないかッッッ！！！」

◆◆◆

「今の時期でも試験を受けられて、即日入学できる全寮制の学園は王都の学園だけですね」

徐々に一目『黒騎士』にお目にかかろうと侯爵家の屋敷前の人混みが日ごとに増していく中。

エレシアは主人であるアデルにピトッと体をくっつけながら、テーブルに並ぶ資料を眺めて口にする。

「王都の学園って言ったら、王家が運営する王立カーボン学園か……うげぇ、ミル姉さんとかロイド兄さん達がいる学園じゃん……」

「ですが、飛び込み申し込み可のキャッチコピーを掲げているのはこちらしかありませんよ？」

「むむっ……これはあれか、軽い地獄か深い地獄かの二択を強《し》いられている状況か」

学園に入れば、正当な理由で屋敷から抜け出せる。

黙って勝手に入学するのは本来よろしくないが、トンズラすることよりかはマシな選択。

当初、自堕落ライフを謳歌するために親の提案を断って引き篭ろうとしていたのだ。これならまだ当主である父親も文句は言わないだろう。

まぁ、自堕落な生活からは少し遠ざかるし、身内がいるのはかなり問題ではあるが。

「どうされますか？　必要であれば、膝枕一回で即日学園へ申し込んできますが」

「なんでメイドが要求してんだよ……」

「ふふっ、であればメイドを辞めましょうか？」

「……やめてくれ。その瞬間、本格的に社交界でしか会えなくなるぞ」

「あら、それは私も嫌ですね。であれば、まだまだご主人様のお世話をするとしましょう」

お淑《しと》やかで上品な笑みを浮かべるエレシア。

その姿に思わずアデルはドキッとしてしまうが、誤魔化すように「あとでしてやる」と書類を手渡した。

「仮に今日申し込みをすれば、入学試験は明後日《あさって》……ですか。となると、王都に泊まった方がよさそうですね」

「おぉ！　それは素晴らしいっ！」

アデルは瞳を輝かせながら立ち上がる。

「王都は侯爵領よりも魅力的な場所で溢《あふ》れている！　食べ物もそうだし、観光地も多い！何より、綺麗なお姉さん達が働くムフフなお店もたくさ――」

ガッ（エレシアが足払いをする音）

ガシャ（エレシアがマウントを取る音）

ゴッ　ゴッ　ゴッ（エレシアが拳を振り落とす音）

「ご主人様、途中から聞き逃してしまったのですが、王都には何があるのでしょうか？」

「……美味《おい》しい食べ物と観光地があります」

震える口からは、ムフフなワードが出てこなかった。

「まったく……ご主人様には困ったものです。隣にはこんなに可愛い女の子が甲斐甲斐《かいがい》しくお世話までしているというのに、余所見《よそみ》など……」

「その可愛い女の子が見られないんだけど、どうしてだろう？　目が腫れているからかな？」

「心が汚れているからですよ」

男の子だもん仕方ないじゃん、なんて発言はもちろんできるわけもなく。

アデルは渋々起き上がって何故《なぜ》か恐ろしく感じてしまったエレシアから距離を取って窓の外を眺め始めた。

『黒騎士様は本当にうちの領主様のご子息なのか⁉』

『ばかっ、それを確かめるために来たんだろ⁉』

『でも、本当だったら素敵よねぇ……あの恥さらしなんて言われてた男の子が英雄《ヒーロー》だなんて』

窓を少し開けているからか、どこからともなくそんな声が聞こえてくる。

「うわぁ……見てよ、エレシア。好奇心旺盛なギャラリーさんがいっぱいだ」

「『黒騎士』様の見物人ですね。いっそのこと、手でも振ってみられたらいかがですか？」

「馬鹿言うな、プライバシーの侵害上等なギャラリーにファンサービスなんかするかよ。っていうか、アイドル枠に入れてほしくないの、俺は」

「というより、普通に地下牢にいたはずの記者の姿も見受けられるのですが」

「もうここまできたら写真に必ず写り込んでる記者を探すゲームだと思ってしまうぞ」

こりゃ早く学園に逃げなきゃなぁ、と。アデルは外に集まる領民の姿を見て頰を引き攣《つ》らせた。

その時――

「兄上！」

勢いよく扉が開かれる。

そこからは、アデルとどこか似た面影のある男の子が姿を現していた。

「聞いたぞ、兄上！　どうやら、街で『黒騎士』が兄上だという話が挙がっているらしいな！」

兄に対してなんて不遜な態度。

とはいえ、馬鹿にされるのが大好きなアデルくんが指摘することはない。

「ふんっ、皆も馬鹿馬鹿しい。こんななんの才能もない兄上があの『黒騎士』であるわけがないというのに！」

その代わりと言ってはなんだが――

「俺が領民にも父上にも言っておいてやる！　無能な兄上にそんな事実はないのだとぉぉおおおおおおおおおおおおおおお!?」

――――思い切り窓の外にぶん投げた。

「あら……よろしかったのですか、ご主人様？」

パリン、どころかガシャン！　と割れた窓ガラスの下を覗《のぞ》き込みながら、エレシアは顔色一つ変えずに尋ねる。

今の一連の流れをしっかりと説明すると、アデルが蔦《つた》を一瞬にして伸ばして弟の足に巻き、そのまま窓の外目掛けて振るったというものだ。

おかげで、アデルの弟は窓の外へと放り投げられて、現在窓の下の敷地《しきち》に頭を埋めて綺《き》麗《れい》なオブジェと化していた。

「いいんだよ、ちょっぴり力を見せたって。っていうか、まったく反応もなしに放り投げられたんだ、何をされたのかも気づいちゃいねぇよ」

「一応、あの弟様も聞けばそれなりに同年代の中では強いと伺っていたのですが……つくづく規格外ですね、ご主人様は。あとでクレームが入っても知りませんよ？」

「弱肉強食、強いやつが正義。うちの家訓はそこだから無問題《モーマンタイ》。っていうか、うっさい」

「まぁ、それはそうですね。であれば、早速現実逃避の三年間を謳歌するために、王都に泊まる荷造りでもしましょうか」

「そうしましょ」

そう言って、二人は窓の外に関与することなく部屋へと戻っていく。

盛大に突き刺さった衝撃音によって屋敷の使用人達が何やら集まっているが――――新しく敷地にできたオブジェに興味を示さない二人は、王都に向かうべくせっせと荷造りを始めていくのであった。

「ご主人様、私の下着はどちらの方がよろしいでしょうか?」

「うーむ……ピンクのレース」

「ふふっ、承知いたしました」


さて、学園に入ってしまえばこちらのもの。

三年間という時の流れは些細《ささい》なことから大事まで綺麗に忘れさせてくれる。

そのため、もう家族の見送りとかどうでもいい精神でアデル達は屋敷を発《た》った。

そして、一日の行程を挟み――

「は～るばる来たぜ、がっくえん～!」

聳《そび》え立つ校門の前で、アデルは感極まって叫ぶ。

流石《さすが》は王国一の学園というべきか。王都の少し外れた場所にある王立の学園は先が見えないほどの敷地、巨大すぎる校舎。

正に圧巻というのはこのことだろう。貴族であるアデルですら、こうして公衆の面前など関係なく叫んでしまった。

「ご主人様の無邪気な姿……可愛《かわい》くて素敵です♡」

一方で、横にいるメイド服の少女は学園よりもお隣の想《おも》い人に夢中なようだ。乙女な女の子である。

『ねぇ、あいつ……アスティア家の恥さらしじゃないか？』

ふと、その時。

学園に入っていく同年代らしき若者達からそんな声が聞こえてきた。

『うわ、ほんとだ。学園なんて通わないと思ってたのに』

『あの由緒《ゆいしょ》正しい家系からあんなやつが生まれるなんて……恥さらしにも程があるな』

『でも、話によるとあの「黒騎士」様の正体って確かあいつだったたって……』

『ないない、君もパーティーで何度か見たことあるだろ？　あんな堕落しきったやつが「黒騎士」様なわけないって』

などなど、言いたい放題好き放題なお声が。

新聞を見ていないのか、それともよく知っているからこそ『黒騎士』の正体がアデルだと信じないのか。いずれにせよ、間違いなく好意的な人は一人もいなかった。

それが逆に安心。情報源隔離には絶好の場所だと、改めて思ったアデルである。

「何やら、色々言われておりますね」

「そうだな」

「…………」

「…………」

「…………」

「…………」

「……処して来てもよろしいでしょうか？」

「あらやだ、女の子からは聞きたくない発言が」

どうやら、お隣にいるエレシアは主人が馬鹿にされてご立腹なようだ。

「ご安心ください、ご主人様――四肢をもいでも意外としばらくは生きていけます」

「エレシアも随分うちの家に染まったよなぁ……っていうか、マジでやめろ。洒落《しゃれ》にならんし、そもそも俺は懐《なつ》かしさすら感じて嬉《うれ》しく思っているぐらいだ」

ですが、と。エレシアは反論しようとする。

すると、アデルは少女の小さな頭の上に手を置いて優しく撫《な》で始めた。

「ありがとな。正直、俺はわずかばかりの大切な人が好意的に想ってくれるだけでいいんだ」

「ッ⁉」

大切な人。その言葉を受けて、エレシアの頰が真っ赤に染まる。

そして、おずおずと甘えるようにアデルの腰に手を伸ばしてそのまま胸に顔を埋《うず》めた。

「……好意的どころか愛してます」

「おっと、勘違いしそうなセリフだなぁ」

苦笑いを浮かべて、アデルは頭を撫で続ける。

勘違いしてもいいのに、なんてことをエレシアは思ったが、この場であえて口にすることはなかった。

その時——

『あ、あのさ……あの恥さらしに抱き着いている女の子って、エレシア様じゃない？』

『うわっ、マジじゃん。最近社交界に顔を出していなかったのに！』

『っていうか、なんで魔法家系の伯爵家の令嬢がメイド服を着ているの？』

生徒達からのヒソヒソ話は話題が変わり、皆エレシアのことになる。

せっかくいい気分になっていたエレシアは顔を離し、少し不機嫌そうに唇を尖《とが》らせた。

「……せっかくのご主人様とのイチャイチャタイムでしたのに」

「そりゃ、俺でも普通は思うし今でも思ってる疑問だしな」

「記者が質問をしてくればちゃんと『ご主人様を愛しているからです』と答えますのに」

「そんな回答したら記事の見出しが一瞬で変わりそうだがな」

とりあえず、二人はこちらを見てくる生徒達をスルーして、更には続くようにして中へと入っていった。

恐らく、こうして学園に入っていく生徒はアデルと同じ受験生なのだろう。

本来であればもっと多いのだろうが、今は申し込み期限ギリギリ。今試験を受けに来ている人間は、特殊な事情があってギリギリまで申し込めずにいた者達だ。

「にしても、受験日が何日も設けられてるってありがたい限りだな。こうして飛び込みでも笑顔で席に座れるし」

「来る者拒まず、才ある者を育てる。そういう校風なのでしょう……流石は王国一の育成機関ですね」

「その分環境も充実しているって話だ。入学したらすぐにでも昼寝スポットを探すぞ、エレシア！」

「充実した環境にシーツと枕を敷ける場所が用意されているといいですね」

なんて軽口を叩《たた》きながら、敷地内を歩いていく。

噴水だったりテラスだったり、訓練場だったり。歩けば歩くほど、アデルの言う通りの充実さが窺《うかが》える。

そして、しばらく歩いていると『受験生案内』という看板が立つ受付を発見した。

「ようこそ、王立カーボン学園へ。試験を受けに来られたのでしょうか？」

「はい、こちらの方がアデル・アスティアです。それから、私も」

「失礼ですが、使用人のあなた様も？」

受付の女性の人が少し首を傾《かし》げる。

王国一の学園ということもあって、やって来る人間の大半が貴族。そのため、メイド服を着ているエレシアが受験生だとは思えなかったのだろう。

「エレシア・エレミレアです。申請書はお送りしたと思うのですが？」

「エ、エレミレア伯爵家のご息女様でいらっしゃいましたか⁉　た、大変失礼しました！」

慌てて頭を下げる受付の女性。

しかし、すぐにもう一度首を傾げる。

「ですが、何故《なぜ》メイド服を？」

「ふふっ、趣味ですので」

「はぁ……？」

首を傾げるのも分かるなぁ、と横で見ていたアデルは思った。

「ごほんっ！　か、確認が取れました——では、早速入学試験会場へご案内いたします」

書類を漁《あさ》りながら、受付の女性は咳払《せきばら》いを一つ入れる。

そして——

「一次試験は実技になります。どうか、ご健闘をお祈り申し上げます」


なぁ、聞いてくれよ実技だぜ？　なんで初っ端《しょぱな》から実技なの？　世界は俺に厳しすぎないアンダースタン？

なんて嘆いているのは、歴史あるアスティア侯爵家の恥さらしくん。何故、こうも嘆いているのかというと——

「(ちょっと、エレシアさん！　これは『黒騎士』だとアピールしてしまう原因になるのではないでしょうか⁉)」

試験会場である訓練場に案内されたアデルは、周囲の受験生に怪しまれないように隣のエレシアにアイコンタクトを飛ばす。

「(仕方ありません。才能ある若者を発掘するのが学園の方針ですので、論より証拠スタイルなのではないでしょうか?)」

アイコンタクトで会話が成立できるのは、二人の信頼関係と積み上げてきた時間が成せる業だろうか?

エレシアもまた、淡々とした表情のままアイコンタクトで会話を続けていく。

「(流石にここの生徒が蔑みのプレゼントしか与えてくれないといっても、皆の前でお披露目したら別の意味で論より証拠になるんじゃ⁉)」

しっかりパパラッチに写真を撮られていたとしても、足を運んでいた受験生のヒソヒソ話を聞く限り信じていないご様子だった。

しかしながら、そこで改めてアデル本人が『黒騎士』である証拠——もとい、実力を発揮したらどうなるだろうか?　もしかしなくても、信じてしまうのではないだろうか?

なんて考えがアデルの頭の中を過《よぎ》る。

「(では、ご主人様……このまま屋敷《やしき》に戻られますか?)」

「(ぐっ……!)」

「(すぐに入学できるのはこの学園だけですし、コイントスのような綺麗《きれい》な二択ですよ)」

「(表にも裏にもご褒美《ほうび》が書かれていなさそうなコイントス……ッ!)」

アデルは必死にエレシアの言葉を受けて考える。

ここで恥さらしと呼ばれている男が実力の一端をお見せすれば、間違いなく確信か察せられる。だからといって回れ右をすれば、帰ってきた父親と他の兄妹《きょうだい》によって騎士団へ加入させられることだろう。

進むも地獄、戻るも地獄。

それぞれを天秤《てんびん》に乗せた結果、どちらに傾くというのかというと――

「(こ、このまま試験を受けます……ッ!)」

「(ふふっ、そう言うと思いました♪)」

「(だが、できるだけ『黒騎士』だというのは隠す方向で臨む。異論は認めない!)」

まだ、学園という箱庭の中であれば己の身は守られる。

噂《うわさ》は立ってしまうだろうが、立ったところで学園で過ごしている間は己の身に何も影響はない。

だからこそ、苦渋の……そう、本当に苦渋の決断が故に、学園に入ることを選んだ。

全ては三年間の安寧のために! それからのことはあとで考えればいいさッッッ!!!

「（そもそも、実力を抑えて試験に臨めばいいのです。手札をわざわざ見せてババ抜きをする必要なんてないのですから）」

「（そうだよな……そうだよな！　皆の様子を窺いながらレベルを合わせればいいんだから！）」

何も『黒騎士』としての本領を発揮する必要はない。

あくまで学園の試験に合格して入学できるようになればいいのだ。

あまり同年代と出会っておらず、規格外一家で育ったが故に今は匙加減《さじかげん》が分からないが、じっくり様子を見ればいい。

大丈夫、最初に自分の番が来なければ様子など――

『では、一番目のアデル・アスティアくん、前へ！』

Oh……。

「（……ご主人様）」

「（……世の中ってどうして俺に厳しいの？）」

流石《さすが》に大勢とまではいかないが、ある程度人数がいる中で一番目になるとは思っていなかったのか、エレシアは思わず憐《あわ》れみの視線を向けてしまった。

そんな憐れみの視線を受けるアデルは、さめざめと泣きながら試験官である講師の下へ歩いていく。

『ぷぷっ、実技で恥さらしに何ができるっていうんだよ』

『記念受験になりそうですね』

『こら、笑ってやるなよ。恥さらしと言えど恥をかくのは恥ずかしいんだぞ』

受験生の横を通り過ぎる度にそのような声が耳に届く。

聞こえないとでも思っているのだろうか？　もし「馬鹿にされるの上等《ウェルカム》」なスタイルでなければ普通に怒られていただろうに、と。アデルは他人事《ひとごと》のようなことを思う。

『では、アデル・アスティアくん――まずは魔法から見させていただきます』

そう言って、アデルが近くに現れた瞬間、講師は訓練場の端にある的を指差した。

ざっと距離は八十メートルはある。的も小さいし、学生になる前の若者であれば当てるだけでも精一杯だろう。

『あちらになんでも構いません。魔法を当てていただければ試験は終了です。かといって当てたから合格、当てられなかったから不合格――というわけではなく、判断材料の一環だと思ってください』

ここに足を運ぶ受験生のほとんどは貴族で、アスティア家ほどとまではいかないがそれなりに家庭教師を設けて勉強している人がほとんどだ。

それ故に得意不得意はあれど魔法が使えないなんてことはない。そうであったとしても試験を受けられないわけではないだろうが、試験に落ちることはほぼ確定と見ていいだろう。

ただ、問題は――アデルが「どの程度であれば合格できる基準を満たせるか」というのが分からないということだ。

（ちくしょう……マジで、今時の若者ってどの程度魔法が扱えたら優秀なんだ⁉）

他の生徒より少し魔法の扱いができると講師に見せればいい。

しかし、その基準が分からないから匙加減が難しい。下手に手を抜いて試験に落ちてしまえば最悪だ。

（あー、もうクソッ！　どうにでもなれ！）

アデルは腹を括《くく》って一歩前へ出た。

手をかざすわけでもなく、詠唱を紡《つむ》ぐわけでもなく、突如腕に握られた剣を振るわけでもなく地面に突き刺した。

『ア、アデル・アスティアくん……？』

突如現れた漆黒の剣に、講師が思わず驚いてしまう。

それだけでなく、エレシアを除いた周囲の生徒ですら驚いてざわめき出していた。

しかし、腹を括ったアデルの耳には届いておらず――

「『森の王』」

――そう口にした瞬間、訓練場が緑に染まった。

アデルの魔法は土魔法を極限まで己のセンスによって練り上げたものだ。

行程としては地面に土を張り、己の認知内にある種子を生ませ、水を与え、成長させる。

元々地面が土でできていた場合、初手の手順は踏まずとも魔法の行使ができる。

ただ、この魔法は土魔法という事象――『土を生成する』というごく普通の先を行っているに過ぎない。

その気になれば、アデルはごく普通の土魔法を扱える。逆に言えば普通を越えているからこそ、アデル以外には扱えない特別《オンリーワン》となる。

つまりは、アデルという魔法において驚異的なセンスを持つ者だからこそ成せる業なのだ。

漆黒の剣を携えたことで扱えるその魔法の行使速度と影響範囲は普通の枠には留まらず、一瞬にして新しく植物を生み出す様は正に異質。

故に、アデルは騎士でありながらも自然を支配する――

（『森の王』、ですか）

剣を突き立て、自然界のトップに君臨するアデルを見ていたエレシアはチラリと周囲を見渡す。

ステージと観客席しかなかったはずの訓練場は一瞬にして生い茂った森に変わり、端にあった的は植物に覆われ輪郭しか認識できない。

魔法名――『森の王』。

魔法を与えただけ、植物に覆われただけ。であれば見た目が派手なだけで威力はそれほどではないのか？　と聞かれると首を横に振りたくなる。

何せ、的の輪郭が当初見ていたものよりも小さくなっているのだ――素材にあった水分が抜かれて面積が小さくなっているのか、それとも小さくなるほど圧縮されているのか。

こればかりは、実際に近づいてみないと分からないだろう。

ただ、見た様子だけで判断するにはあまりにも事象が大きすぎた。

（それよりも……）

今度は周囲の生徒達を見る。

呆気《あっけ》に取られているような、信じられない光景でも見ているような、呆《ほう》けたような顔。

講師である女性ですら、評価するために持っていた帳簿を落としてしまっている。

(無理もございません。これほどの規模……魔法家系の一族ですらそうできる者はいませんから)

加えて、アデルが本領としているのは剣である。

魔法はあくまでサブであり、サポートするためのものでしかない。

これが、『黒騎士』と呼ばれるほど活躍してきた人間の実力。

堕落した性格にはもったいないほど、才能に溢《あふ》れた異端児。

実力の一点だけを見れば――明らかに、由緒《ゆいしょ》正しきアスティア家の誰よりも突出している。

(流石は、ご主人様。私《わたし》は益々《ますます》惚《ほ》れてしまいそうです♪)

エレシアの瞳に薄《う》っすらハートマークが浮かび上がる。

それほどかっこよく映ったのだろう。可愛《かわい》い女の子が一目瞭然の乙女に切り替わってしまった。

そして、そんな状態になっているとは露ほども知らないアデルは呆けている講師を一瞥《いちべつ》し、大きなため息をついてゆっくり剣を引き抜いた。

きっと、やらかしてしまったことに気がついたのだろう。

がっくりと肩を落としたアデルはそのままエレシアの下に近づいて、もう一度ため息をついた。

「はぁ……どうやら俺はやらかしてしまったみたいだ」

「ふふっ、お疲れ様です。ドッキリは無事大成功したようですね」

「大成功どころか、俺の自堕落ライフが大惨事になりそうなんだが……」

「ご安心ください、とてもかっこよくて益々惚れてしまいそうでした♪」

流石のアデルも分かる。

この周囲の反応が、己がやらかしてしまった証左なのだということを。

ただ、目の前の女の子のお目目は気づいていないようで。メイドの少女の反応とは違って更に肩を落とした。

『ハッ！　し、失礼しました……続いて、エレシア・エレミレアさん！』

そして、ちょうど我に返った講師の女性がエレシアを呼ぶ。

「あら、次は私のようですね」

「エレシアって魔法得意だよな？」

「人並みですよ、ご主人様」

エレシアは上品な笑みを浮かべながら、講師の下へと歩いていく。

動く度目を惹《ひ》かれるほどの美少女だ。本来であれば横を通り過ぎると誰もが視線を動かすのだろうが、未《いま》だにアデルの魔法に呆けている。

それが少しいつもとは違って違和感を覚えていたエレシアは「まぁ、ご主人様以外に見られてもいい気はしないので、構いませんが」とスルーした。

「あの、あちらの的を狙えばいいのでしょうか?」

講師の下に辿《たど》り着き、エレシアは指を差す。

的の輪郭はあるが、今はアデルの『森の王』によって変化してしまっている。他にも的はあるのだが、同じような状況――エレシアの言葉に、講師は慌てて首を縦に振った。

『え、えぇ……見えづらいかもしれませんが、あちらでお願いします。あなた様であれば問題ないかもしれませんが……』

「畏《かしこ》まりました」

エレシアは綺麗《きれい》な一礼を見せると、今度は的に向かって指を差す。

アデルとは違い、しっかりと狙いを定めるためのモーションをしているようだ。

「世に降り収束していく陽の光は我が袂に《さぁさぁ、一つ天の乙女が素敵なプレゼントをしましょう》」

しかし、たとえモーションがあったとしても、エレシアの放つ一撃は――

「完成《ギフト》、『光の矢』」

——地面を抉《えぐ》り、目にも留まらぬ速さで的をも抉った。

『は、はぁ⁉』

講師の口からそのような声が漏れる。

まぁ、それも仕方ないのかもしれない。

「ふふっ、ご主人様の隣に立つ者としてこれぐらいはしてみせないと」

エレシア・エレミレア。

アデルの傍《そば》付きもまた、充分に規格外であったのだから。

◆◆◆

さて、試験が終わって何やら色々受験生達から変な目で見られてしまったものの、それはそれ。

アデルは「やってしまったものは仕方ない！」スタイルで前向きになると、せっかくなので王都観光に繰り出していた。

「さーて、綺麗なお姉ちゃんがいるお店はどこかなぁ～？」

「目ん玉焼き打ちますよ？」

「わぁお、物騒なお発言」

王都は特にこれといったイベントがなくとも、人で賑《にぎ》わっていた。

真《ま》っ直《す》ぐに歩くのが少し不自由に感じるほどの人混み、更にはどこからでも聞こえてくる賑やかな喧騒《けんそう》。

侯爵領にある街も栄えている方ではあるが、王都のこれは別格。

社交界にあまり顔を出さなかった故にそこまで足を運んだことのなかったアデルは、新鮮な場所に少し興奮気味だ。

「試験の結果発表が明日、そんで合格者は一週間後に入学式……そう考えると、色々ハードだな」

「本来であればもう少し余裕を持って行動するものですよ。切羽詰まって慌てて入学しようとするものですから、制服をご用意するために奮闘したメイドはさり気なく苦労の涙を流します」

「はいはい、分かったよありがとう。んで、お嬢様のご機嫌を取るためには何をすればよろしいので？」

「宿屋に戻ったら、腕枕と添い寝を要求します」

「へーへー、お嬢様の御心のままに」

「ふふっ、やった♪」

嬉《うれ》しさのあまりご機嫌になったエレシアは可愛らしい笑みを浮かべながら腕に抱き着いてくる。

仄《ほの》かに香る甘い匂いとふくよかな感触、加えて端麗な顔立ちが迫ったものだから、アデルは思わずドキッとしてしまった。

その時——


「あ、あのっ！　少しよろしいですか？」


背後から突然声を掛けられる。

この人混みだ、自分ではない可能性がある。それでも声が聞こえてしまえば反射的に振り向いてしまうもので。

アデルとエレシアは後ろに顔を向ける。

すると、そこには大きなフードで顔全体を隠した一人の少女が、こちらに向かって立っていた。

「えーっと……俺達ですか？」

「そ、そうですっ！　というよりかは……その……」

声を掛けてきたというのに、すぐに言い淀《よど》んでしまう少女。

緊張でもしてるの？　もしかして営業？　なんて、少女の様子に首を傾《かし》げるアデル。

しかし、そんな疑問を抱いていると——少女は意を決したように大きく息を吸い、勢いよくアデルへ顔を近づけた。

「あ、あのっ！」

「ッ⁉」

いきなり顔が近づいてきたから……というわけではなく。

顔が近づいたことにより、フードの中がしっかりと覗《のぞ》けてしまったから。

あどけなく、可愛らしくも美しく整った端麗な顔立ち。少しチラつく月のような金色の髪。

エレシアもエレシアで本当に美しいが、この少女も引けをとらずというか。

美少女の顔が眼前に近づいてきたからこそ、思わず赤面してしまう……が、それよりも自分以上に目の前の少女の方が酷《ひど》く真っ赤で。

「あ、あぅ……」

瞳がグルグル回っているような気がする。いや、回るものではないんだけども、本当にそんな感じがする。

そして、どうしてかフードを深く被《かぶ》り直してそのまま背中を向けて走り出してしまった。

「や、やっぱり私にはまだ無理いいいいいいいいいいいいいいいいいいいいいいいいいいいいっ！！！」

わぁお、綺麗に人混みを避けて逃げていくぞ猫かな？　なんて、消えていく背中を見送ったアデル。

衝動的に小さく手を振り、

「新手のナンパだったと思う？」

「でしたら、まずメンタルを鍛えてから出直してきた方がいいとアドバイスしたらよかったですね」

いきなり現れてはいきなり消えて。

互いに「なんだったんだろう？」と、首を傾げてしまった。

すると――

『ひ、ひったくりよっ！』

突如、歩いていた先の方向からそんな声が聞こえてきた。

人混みであまりよく見えないが、先では女性が倒れ込み、小さな荷物を抱えて走り出す男が視界に映る。

ただ、男が走っているのはアデル達とは逆方向。この人混みも相まって、今から追いかけたところで捕まえるのは困難だろう。

「………」

それでも、アデルの顔は先程の薄《う》っすらと照れていたものとは一変して不快そうなものになる。

エレシアは、そんなアデルを見て——

(ふふっ、お優しいんですから)

予想通りというべきか、エレシアの笑みとは裏腹にアデルは近くの裏路地へと歩いていった。

エレシアも後ろをついて歩き、周囲に誰の目もないことを確認する。

「王都デートは後回しですかね」

「悪いな」

路地裏に入ると、アデルは手から黒い蔦《つた》を出現させた。

手元に集まった蔦はお面へと姿を変え、更には剣の形をした木が一瞬にしてアデルのもう一つの手から生えてくる。

「俺は、こういうのを見かけたらぐっすりと夜も眠れねぇんだ」

誰かが困っているところを見てしまうと不快になる。

不快になれば、そのことが頭から離れずに安心して眠れなくなる。

あくまで、これは己のためであり、正義感でも義務感でもない、利己的な我儘《わがまま》……と、本人は思っている。

「承りました」

とはいえ、あくまでそう思っているのは自分だけ。

誰よりも英雄《ヒーロー》の傍で見守っているメイドだけは、その行動が優しさからくるものだということを知っていた。

「では、本日も行ってらっしゃいませ――――英雄《ヒーロー》様」

だからこそ、今日も今日とてメイドの女の子は主人の行動を見送るのであった。

◆◆◆

「もうっ、勝手にいなくならないでくださいよぉ」

鞘《さや》に収まった剣を携えながら、茶色の髪をした少女は頬を膨らませ口にする。

王都の賑わいが耳に届く薄暗い路地裏、少女の視界には大きめのフードを被った一人の女の子が。

「こんなところで王女様が迷子とか洒落《しゃれ》にならねぇんですから。少しぐらいはゴシップを気にする護衛の心を慮《おもんぱか》ってくれませんかね？」

「だ、だって……『黒騎士』様がいたんだよ？　私がずっと追ってた『黒騎士』様がいたんだよ!?　追わないわけにはいかないよねいかないと思うんだよ！」

「熱狂的なファンだからこそ、アイドルのプライバシーは守るって暗黙の了解とかなかったでしたっけ？」

「はぁ……生『黒騎士』様、ちょーかっこよかった……」

瞳をハートにしたまま、フードの少女は頬を染めて思い浮かべ始める。加えて、はしたなくも涎《よだれ》が零《こぼ》れていたばっちぃ。

そんな様子を見た茶髪の少女は、主人のフードを取ってだらしない涎を布巾で拭く。

「むぐぐ」

「それで？　話した結果、何か有益な展開とかなったんです？」

口元を拭われながら、金色の髪が露《あらわ》になった美しい少女は――――

「フッ……愚問だね。私が『黒騎士』様とお会いしてまともに話せるとでも？」

「うるせぇ、馬鹿姫。ドヤ顔で言うセリフじゃねぇでしょうが」

「酷いっ!?」

あまりにも辛辣な言葉を受け、思わず驚いてしまう。

しかし、そんな主人を気にする様子もなく茶髪の少女は布巾を懐《ふところ》にしまった。

「まぁ、度胸のないファンは置いておいて……わざわざ話しかけたってことは、やっぱり彼はうちらの派閥に入れるんですか？」

「そりゃ、入れたいね！　あの助けられた時から、この人がいいって思ったし!!」

そして、金髪の少女は笑みを浮かべて――――

「今回は勇気が出なくて即時退散を強《し》いられちゃったけど、学園に入ればいくらでもチャンスはあるっしょ♪　私は私のために、『黒騎士』様と仲良くなる！」

◆◆◆

試験の結果は、なんだかんだありながらも合格。

詰めっ詰めのスケジュールではあったものの合格発表を終えての四日が経《た》ち、いよいよ学園への入学を待つのみとなっていた。

もちろん、実家に「いやー、合格しちゃいましたよー！」などというご報告はしない。適当に手紙だけ送って、アデルは入学まで王都観光へと洒落込んでいた。

とはいえ、今日ばかりはゆっくり王都観光をすることはなかった。

王立カーボン学園は全寮制。そのため、入学式が始まるまでに予《あらかじ》め寮に荷物を運んでおかなければならないのだ――

「こんなの……こんなのあんまりですっ！」

学園の敷地《しきち》から少し離れた場所にある学生寮。

そこで、普段は温厚でアデルの女性関係とスキンシップ以外では滅多に駄々をこねないエレシアが、首を横に振って可愛《かわい》らしく抗議していた。

「って言われてもなぁ」

そんな様子を、一方のアデルは困ったように見ていた。

幸いにして、今は学生寮の中の自分に割り振られた部屋。一人用で、どれだけ騒ごうが迷惑はかからない。

とはいっても、可愛いメイドが不機嫌になっているのは窘《たしな》めないといけないわけで。

「無理なもんは無理だろ。だから諦めろって」

「嫌なんですっ！」

「いや、でもなぁ……」

アデルは「どうしたもんか」と頬を掻《か》く。

何せ、エレシアがこうして駄々をこねているのは――

「俺の部屋で暮らすなんて、女性寮住まいの女の子は無理だろ」

寮は学年ごとに男性寮と女性寮に分かれている。

そのため、異性と同室などできるわけもないし、そもそも一人部屋に二人は窮屈だ。

「私は使用人ですよ⁉　ご主人様の身の回りのお世話と膝枕と添い寝をしてあげる義務があるんです！」

「おいこら貴族のご令嬢。後半に私利と私欲が混ざってるぞ」

可愛い女の子らしい我儘である。

「っていうか、別に一緒じゃなくても会えるじゃん。ここは男性寮らしいし、狼《おおかみ》の群れに女の子が放り込まれるのは不安じゃないのか？」

「ご安心ください、何かあれば殿方のナニを潰します」

「安心できねぇけど⁉」

ただでさえ、エレシアは誰もが認めるような美少女なのだ。

そんな女の子が思春期ボーイの巣窟《そうくつ》に入って、変な目で見られないわけがない。

本当に自分と一緒に暮らすのであればまだいいが、これでお隣の部屋、どこかの部屋ということになってしまえば、いよいよ自分が守れなくなる。というより、手を出そうとする野郎もエレシアから守れなくなる。

「はぁ……エレシアも自分の部屋があるんだろ？　同年代の友達を作るには絶好の環境だと思うがなぁ」

アデルは部屋の隅にあるベッドへ腰を下ろした。

割り振られた部屋は流石《さすが》貴族ばかりの学園だからか、二人だと小さいが一人で住むにはもったいないほどの広さと家具が揃《そろ》っている。

ベッドの質も、そこら辺の宿屋のものよりかは触っただけでも上質なものなのだと分かった。

「……ご主人様と離れ離れは嫌ですもん」

エレシアがアデルの横に座って横から抱き着いてくる。

別に一緒に学園に通うのだから今生の別れでもないだろうに、と思うのだがエレシアの中ではかなり死活問題らしい。

(そんなに俺と一緒にいたいのかね?)

流石のアデルも、エレシアが自分に心を許しているのは知っている。

自分の家から出てきてまでメイドとして一緒にいようとしてくれているのだ、気づかないわけがない。

加えて、アデル自身も嫌ではない。本音を言えば、一緒にいられるのなら一緒にいたいのだ。

とはいえ、そうもいかないのが現実であり——

「でもな、仮に一緒に住むことが許されたとしても、狼のお部屋に泊まるって色々と問題があるんだぞ？　俺が鋼の理性を持ってると思うな」

「……野球ができるぐらいの子供であれば頑張って容認します」

「すまん、手を出す段階で問題視してくれ」

九人も子供を容認できるとは、流石である。

「でもなぁ……ベッドも一つしかないし、大浴場だってここには男性用しかないし」

「同じベッドで問題ないですし、部屋のお風呂があります。ご主人様と一緒に入れます」

「うーむ」

「凄《すご》いです、お風呂ワードでようやく前向きに考えてくださいました」

アデル・アスティア。

隣に超絶美少女がいて女の子慣れしているとはいえ、まだまだ男の子。

仕方ないのだ、女の子とお風呂というワードを聞いてしまって頑固な天秤《てんびん》が揺れてしまうのは。

そして、追い討ちをかけるように――

「ご主人様は、私と離れ離れでもよろしいのですか？」

「ぐっ……！」

抱き着いているエレシアが上目遣いでそんなことを言ってくる。

縋《すが》るような、どこか熱っぽい瞳。それを受けて、アデルの脳内に更に迷いが生じてしまった。

本来であれば、間違いなく使用人云々《うんぬん》の前に女の子が男性寮に住むなどダメなもの。

しかし、こんな可愛らしい子を悲しませるのは些《いささ》か――

「はぁ……寮長さんがいるらしいから、その人がおーけー出してくれたらな」

「ありがとうございます、ご主人様っ！」

――結局、エレシアはアデルの部屋に住むことになった。

寮長にエレシアが二時間にも及ぶプレゼンを行ったのが要因なのだろう。

説得されたというよりかはごり押しされたもんだよなと、その後アデルの部屋で上機嫌に自分の荷解《にほど》きをするエレシアを見て思ったのは内緒である。


さてさて、ようやく現実逃避の三年間が始まるぞ。

二日が経ち、今日は記念すべき入学式。

予め渡されたパンフレットには『退学制度あり、学園の基準値を満たせない者が現れないよう願っております♪』などと物騒なワードが書かれてあったものの、平穏平和な日々をこれから頑張って過ごそう。

授業といった面倒くさいものがあるが、父親に騎士団馬車馬街道へ入らされるよりかは幾分かマシ。

故に、極力目立たず、『黒騎士』だと気づかれないよう騒ぎは起こさず過ごす――

「おいっ、こんなところに恥さらしがなんでいるんだ⁉」

……過ごすつもりだったんだけどなぁ。

「(……なぁ、酷《ひど》くね？　世界って祝いの門出でも厳しく当たってくるの？)」

「(世界はご主人様に成長してほしいんですよ、鞭《むち》と鞭ってやつです)」

「(それ、スパルタオンリーで泣くだけのやつじゃん……)」

学生寮から出て、入学式がある講堂へ向かう最中。

綺麗《きれい》に整備された庭と噴水がある一本道に、本年入学してきたであろう生徒達が何やら集まっている。

そして、その集団の中心にはおろしたての制服を着たアデルとエレシアの姿が。

あとは、赤い髪が特徴的なガタイのいい男の子の姿があった。

「お前みたいなやつが、どうしてここに……答えろ！」

その少年の後ろには、取り巻きらしき生徒が数人。

どうやら、アデルに向かって怒鳴り散らしている男がリーダーのようだ。

「(流石はご主人様。開幕一番でもう揉《も》め事など……して、公爵家の三男様とお知り合いだったのですか？)」

「(いやー、なんかあの子うちの父上に憧れているみたいでさー、俺みたいな存在が気に食わなくて毎回突っかかってくる)」

ヒューレン公爵家の三男——ライガ・ヒューレン。

アデルの知り合いで、由緒《ゆいしょ》正しき騎士家系に憧れを持つ男の子。

それ故に、恥さらしであるアデルのことを嫌っている連中の筆頭で、常日頃出会う度に目の敵にしてくるのだ。

気持ちは分かるし、仕方ないとも思う。だが「こんなところ&時間にすることないじゃん」的なことを、アデルは思った。

「いやいや、ここにいるのは学園の生徒になったからですが？」

「嘘《うそ》をつくな！」

「え、俺ってそんなにダメな子って思われてんの⁉」

何もしてこなかったのは事実なんだけども、と。

即答ダウト発言に、アデルはさめざめと泣いた。

「ライガ様、あまりご主人様を虐《いじ》めないでください」

その時、アデルを庇《かば》うようにエレシアが一歩前へと出る。

その姿は虐められっ子を守るかっこいいヒーローのよう。その背中に、アデルは瞳から薄《う》っすら涙を流しながら感動した。

「エレシア……」

「ご主人様を虐めてもいいのは私だけです」

「えれしあさぁん……」

どうやらアデルに味方はいらっしゃらなかったようだ。

「ふんっ！　どうせ汚い手でも使って入学したんだろ！」

『そーだそーだ！』

『ご兄妹《きょうだい》に泣いてお願いしたに決まってる！』

アデルの試験を見た生徒はごくわずか。

もしかしたらこの場にいるのかもしれないが、残念ながら見ておらず不正だと言っているライガに抗議する者はいない。

仮にも、相手は王族に続く貴族会のトップ。学《まな》び舎《や》という箱庭の中にいようとも、変に刃向かって目をつけられたくはないのかもしれない。

「（なぁ、別に蔑まれたり罵倒されるのはばっちこいなんだけど、あいつら新聞とか見てないわけ？　少しぐらい『黒騎士』を疑ってくれてもいいと思うのは俺だけですか、あんさー？）」

「（それ以上にご主人様の汚名が強いのかと。強烈な色はどんな色を足しても変化しないものですし）」

「（うーむ……そういうもんか）」

アデルは「無視をするな！」と騒ぐライガを無視して、そのまま背を向ける。

「お、おいっ！　待て恥さらし！」

その時、立ち去ろうとしたアデルをライガが慌てて引き留める。

止まる必要もないのだが、アデルは大きなため息をついて振り返った。

「……なんっすか？　別に一世一代の告白《プロポーズ》をスルーしようってわけじゃないんですから、先歩いても問題ないでしょうに」

「大アリだ！　まだ話は終わってないだろ！」

「いやいや、だったらせめて入学式が終わってからにしましょうよ。気になって立ち止まってるギャラリーと一緒に大人数で遅刻でもかます気ですか？」

そう、こうして話してはいるが時間は差し迫っているのだ。

ぶっちゃけサボりとかトンズラとかにはなんら抵抗もないアデルだが、入学式ぐらいはちゃんと出席しないといけないというのは分かっている。

アデルの発言に筋が通っていると分かったからか、ライガは悔しそうに唇を尖《とが》らせた。

それを見て、アデルは肩を竦《すく》め先を——

「は、はんっ！　恥さらしはやはり公爵家の人間である俺に対する敬意というのを知らんらしい！　魔法家系の家から逃げてきた女を引き連れて遊んでるぐらいだからな！」

——行こうとした瞬間、唐突に足が止まった。

すると、

「精々、負け犬同士戯《たわむ》れているといい！　俺は王家の騎士団へぶぎゃ⁉」

ライガの頭が地面に叩きつけられた。

『『『『…………………ッ⁉』』』』

後ろにいた取り巻きも、周囲で見物に徹していたギャラリーも、目の前の光景に思わず固まってしまう。

何せ、一瞬。本当に一瞬で、ライガの頭が思い切り地面に叩きつけられて倒れ込んでしまったのだから。

そして——その頭を摑《つか》んでいるのは、恥さらしと馬鹿にされていた少年だったからだ。

「俺を馬鹿にするのはいいが……うちの相棒《エレシア》を馬鹿にするのは許せねぇんだ、よく覚えとけクソ阿呆《あほう》が」

◆◆◆

ついカッとなってしまった。

アデルの脳内には後悔とスカッとしたような感情が入り混じり、どことなく背中から冷や汗が流れる。

（や、やっべ……アデルくんアグレッシブすぎ……）

エレシアが馬鹿にされたので、そのまま一瞬で距離を詰めて頭を地面に叩きつけた。

そのおかげで周囲から何故《なぜ》か視線が集まり、手にあるライガからはまったく反応がない。

生きてはいると思うが……気絶させてしまったのは間違いないみたいだ。

（い、いやいやいや……確かにアデルくんはアグレッシブなわんぱくボーイだけども、エレシアを馬鹿にしたこいつが悪いし、そもそもなんで無抵抗で攻撃受けちゃうの馬鹿じゃないの痛いでしょ⁉）

単純にアデルの速さに反応ができなかっただけだと思うのだが、とりあえずアデルは咄《とっ》嗟《さ》にライガの頭を離す。

「ご主人様は、路上ライブから有名人を目指そうという目標でもあるのでしょうか？」

ゆっくりと、エレシアが小さくため息をつきながら近づいてくる。

「こんな公衆の面前で騒ぎを起こすなど、一日にして問題児枠になりますよ？」

「だって仕方ないじゃん！　エレシアが馬鹿にされたんだよ⁉　大切な人が馬鹿にされち

やたんだよ⁉」

「…………」

「そりゃ、極力『黒騎士』と思われそうな行為は控えたいんだけどもカッとなっても仕方ないと思うの俺はいいけど大事な人が馬鹿にされたんだか――」

「も、もうその辺で勘弁してくださいっ」

「ぐもっ⁉」

エレシアが顔を真っ赤に染めながら、アデルのお喋《しゃべ》りな口を両手で押さえる。

大切な人ワードは嬉《うれ》しいのだが、こんな公衆の面前で連呼されるのは勘弁してほしいみたいだ。

「そ、それよりもご主人様。早くここから立ち去った方がいいかと」

エレシアは周囲を見渡す。

あまりの出来事に驚いて固まっていた生徒達が徐々に我に返り、ざわつき始めている。

このままではいつか講師陣が駆けつけ、中心にいるアデル達が原因だと学園側に知られてしまうことになるだろう。

そうなれば面倒事になり、入学早々の問題児として今以上に騒ぎになるのは間違いない。

「おーけー、エレシアさんいいことを言うじゃないか！　逃げるが勝ち！　素晴らしいことわざ！」

「実際問題、逃げるためにここへ来たようなものですしね」

「いっそのこと、座右の銘にしちゃいたいぐらいだよちくしょう全部あのストーカー記者のせいだッッッ！！！」

アデル達は急いでギャラリーの間を縫って講堂へと駆け出す。

集団から抜け出して距離を取っても、新入生達は未《いま》だにざわついていた。

学園入学

講堂に集まると、用意されている椅子にはぎっしりと人が座っていた。

あの集団よりも先に入ったはずなのにこれほどの人数とは、この学園に入学してくる生徒の総数には恐れ入る。

そんな中、アデル達は特に何も言われていないので適当に空いている椅子に座ろうとした。

「ご主人様、こちらにしましょう。横に並んで座れます」

「うーっす」

エレシアに促され、一番後ろの列の端に腰を下ろす。

一番前で講師陣に顔を覚えてもらいたいのか、それとも壇上に上がる誰かをより近くで見たいのか、後ろの椅子の方は意外と空いていた。

「ふふっ、こうして制服を着ると本当に学園に入った実感が湧いて興奮してしまいます♪」

「俺に反して何やらお隣が上機嫌」

別に学園に通いたくはなかったアデル。

それに対して、隣を向くと楽しそうな笑みを浮かべるエレシアの顔が。

「楽しみですよ、ご主人様と登校デートできますし」

「寮から校舎まで距離あんまないがな」

「授業デートができます」

「俺、寝てそうだがな」

「お弁当デートもできます」

「待て、なんでもデートつければいいと思うんじゃない」

学園生活が一気にピンク一色に。

「まぁ、それはともかく……楽しみにはしておりますよ。魔法を学べる環境など、実家にいないと然《そ》う然《そ》う巡り会えませんから」

「あー、確かにそうだな」

アスティア侯爵家は騎士の家系だ。

騎士になるための武器や教材などはあるものの、魔法に関してはそもそも揃《そろ》っていない。

魔法家系のエレミレア伯爵家とは魔法という環境の一点においては雲泥《うんでい》の差である。

「ふふっ、でもアスティア侯爵家で学ぶ剣術も楽しかったです。いつかご主人様のようにオールマイティになりたいものですね」

「レディーはドレス着ているだけで充分なんだぞ？」

「いいえ、ご主人様のお隣に立たせてもらうのであれば、シャンデリアの下に立つ以外の魅力も磨かないと」

そんなもんかね？　と、アデルは首を傾《かし》げる。

「それに、この学園は実力主義みたいですから、そもそも努力しなければ退学になってしまうかもしれません」

「エレシアで退学ってなったら、クソほどハードル高い気がするんだが……」

「ご主人様、このあと早速お昼寝スポットでも探しに行きましょう」

「うーむ……努力しなければの発言のあとから飛び出るセリフとは思えん」

とはいえ、アデルもお昼寝スポット探しには大歓迎。

何故自分は努力しなくてもいいのかは少し不思議だが、とりあえず「楽しみだ」とサムズアップを見せる。

（まぁ、ご主人様には努力など必要のないものかもしれませんが）

エレシアはそんなことを思いながら、さり気なくアデルの方へ距離を詰める。

その時——ようやく始まりの言葉が響き渡った。

『それでは、只今《ただいま》より入学式を行います。まずは新入生代表――ルナ・カーボンさんの挨拶です！』

新入生代表の挨拶やら生徒会長の挨拶やら学園長の挨拶やらが続き、ようやく入学式が終わった。

そのあとは、本校舎エントランス前に貼り出されているクラス分けを確認して教室に戻るような流れになる。

「この学園では、入試時の成績順位によってクラスが決まるみたいです」

クラス表に皆がこぞって集う中、とりあえず一旦人が少なくなるのを待っていると、同年代の美人さんであるエレシアがそんなことを言い始めた。

「流石《さすが》は実力主義の学園ですね。もう早速井の中の蛙《かわず》に優劣をつけ始めたようですよ」

「世知辛い環境だなぁ……少しは『皆は誰もが平等！』的な平和思考の歓迎ムードとか出してやれよ」

噴水の縁に座りながら集団を見るアデルはげっそりとした表情を浮かべた。

何せ、始まった瞬間から和気あいあいとした空気がなくなるのだ。いくら実力主義な学園とはいえ、「うぇーい、お前俺より低いー！」なんて状況が起こるかもしれない。

それに――

「優劣をつけたら、順位次第によっては目立ってしまうかもしれませんね」

「そこなんだよなぁぁぁぁぁぁぁぁぁぁっ！！！」

実力主義の学園ということもあって、皆の意識は成績に向けられる。

のうのうと過ごしていきたいアデルには無縁の話だが、他の生徒は少しでも己の実力を上げようと努力してくるだろう。

となると、必然的に今回の受験成績トップの人間は注目される。

どんな人間なのか？　どこの家か？　これからのライバルになるのか？　はたまた敵になるのか？　などと、人によっては様々な反応をするはずだ。

「やべぇ……順位が高かったら目立つこと間違いなし！　場合によっては、正体がバレる可能性も……ッ！」

記者から逃げ、情報を遮断するためにアデルはこの学園にやって来たのだ。

入学式前に早々目立ってしまったが、あれは不可抗力で別として、今後は目立たないようひっそりダラダラ過ごしていきたい。

ここで変に目立って面倒事に巻き込まれたり、『黒騎士』の話が学園内に広がってしまったり、通っている貴族達に目をつけられたり。

とにかく、そんなあれやこれやに遭遇せず、ゆっくりエレシアと過ごしていくためには極力目立たないようにしなければならないのだ。

「ま、まぁ⁉　俺、試験ではかなり手を抜いてたしぃ⁉　下から数えた方が早いんじゃないか的な⁉」

「剣術の試験で講師を気絶させておいてよく言いますね」

「い、いやっ！　あれは講師がクソ雑魚《ざこ》だったから！　それか子犬ちゃんが歩いて棒に当たった的なやつだから！」

「はぁ……随分と余所見《よそみ》された子犬ちゃんですね」

アデルの反応に、エレシアはため息をつく。

王国一の学《まな》び舎《や》に集められた講師は選《え》りすぐりのエリートだ。学生が太刀打ちできるほどの人間じゃないはず。

なのに、アデルは「クソ雑魚」だとついポロッと本音が出てしまうぐらいの余裕で倒したという。エレシアは元より知っていたからさして何も思わないが、他の人間であれば間違いなく驚くだろう。

「だ、だがっ！　もしも万が一……いや、億が一順位が高かったとしても、落とせばいいだけのこと！　あれだろ⁉　どうせ常日頃イベントが起こって順位が変わるんだろ⁉」

「そうみたいですね」

何やら必死に弁明を始めるアデルを余所に、エレシアは懐《ふところ》からパンフレットを取り出した。

「パンフレットによると、好奇心旺盛な子供達が飽きないように学期に何度かそういう順位変動のイベントが設けられているみたいです」

「待って、それってこの前もらったパンフレットと違う。俺っちまだそれ見せてもらってない」

「ふふっ、ご主人様にご説明するポジションは私だけの席ですので」

よく分からんと、アデルは首を傾げる。

「ごほんっ！　ともかく、そういう子供達が飽きないアトラクションが転がっているなら好都合……仮に試験の結果がよくても、下げていけばいいんだから！」

「それは難しいのでは？」

「何故《なぜ》⁉」

アデルは驚いて、パンフレットを開いているエレシアへ振り向いた。

しかし、エレシアはそのまま言葉を続ける。

「この学園、順位が上がることに関しては歓迎されますが、下がる分にはかなり厳しいみたいです」

「……というと？」

「一定の基順、最初の順位から下がったら退学になります」

「Damn it!」

アデルは思わずその場に崩れ落ちた。

そして、そのまま地面に拳を叩《たた》きつけた……悲しいから。

「他にも、試験の基準以下の成績だと退学させられる制度もありますね」

「追い打ち⁉」

「毎年の卒業者は、入学時の十パーセントぐらいらしいです」

「今を生きる若者にシビアすぎませんかね、この学園⁉」

それぐらい、才能ある若者を発掘したいということなのだろう。

才能なき者に構っている暇はない。であれば、才能ある若者がもっと成長できるような環境を整える方が有意義だ。

きっと、そんな考えが学園側にあるに違いない。

「だから、王立カーボン学園を卒業したってだけで社交界にも世間的にも箔《はく》がついて一目置かれるのですね。特にトップクラスで卒業したり、成績が上位だとすると社交界でもかなり人気物件になりますし」

「……なんだろう、今の俺には必要のないものに思えるんだが」

「まぁ、ご主人様には既に充分すぎるほどの箔がついておられますし」

ふふっ、とメイドらしくもない上品な笑みを浮かべるエレシア。

その姿を見てアデルはため息をつくと、ゆっくり重たい腰を上げて人が少なくなった掲示板へと足を進める。

「はぁ……まぁ、いい。所詮、俺の力など世界全体を見れば猫じゃらしで遊ぶ可愛《かわい》い子猫みたいなもんだ。成績がそんなにいいわけがない」

「ご主人様、最近は現実逃避してばかりですね」

「大事だぞぅー、現実逃避」

エレシアもアデルに続くようにして掲示板へと向かった。

人が少なくなり、今なら近づいて己が何クラスでどれぐらいの順位か見ることができるだろう。

「さーて、俺の順位はーっと……」

アデルは背伸びをして、生徒越しに貼り出されたクラス分けを見る。

すると――

『Sクラス　暫定順位一位　アデル・アスティア』

「あら、私は二位みたいです。ご主人様とクラスが一緒ですよ、嬉《うれ》しいです♪」

「嬉しかねぇぇぇぇぇぇぇぇぇぇぇぇぇぇぇぇぇぇぇぇぇぇぇぇぇっ！！！」

アデル・アスティア。

こうして、侯爵家の恥さらしは学園で素晴らしいと言っていいほどの好スタートを切るのであった。

◆◆◆

ねぇねぇ聞いて！　あのね、なんと入試の成績が一学年の中でトップだったの！

今まで由緒《ゆいしょ》正しいアスティア侯爵家らしくない毎日だったけど、これでようやく俺もお父さん達に胸を張ってアスティア侯爵家の人間だって報告が――

「できるかァッッッ！！！」

「ご主人様、モノローグでノリツッコミは誰もついていけませんよ」

クラス発表があり、ホームルームまでにそれぞれの教室へと向かわなければならない。

その道中、アデルは何故か胸を張るべき事柄に対してさめざめと泣いていた。

「一位なんて……所詮は馬車馬切符の優先順番トップでしょう⁉　俺はほしくもないし、最後尾でよかったの！」

「ふふっ、後ろからご主人様に見られるのも好きですが、やはり後姿が一番でございます♪」

この子はいつでもどこでもメロメロである。

（本当に、この同年代に限った話で言うと、ご主人様より上は考えられません）

この学園には箔を求め、より一層の実力を求めるために才能ある若者が集う。

そのため、自然と同年代の中でも突出している者が多く在籍するようになり、その中で評価を得るのは至難だ。

しかし、そうだとしても。

《（主人を隣で見てきた自分としては）》、たとえ実力を隠そうとしていたとしても主人が一番を取るだろうと思っていた。

剣も扱え、魔法も扱える異端児。

滅多にいない魔法騎士としてのポジションを確立していると言ってもいい。

（魔法騎士の需要ってどれぐらいでしたでしょうか？　確か、王国に一人しかいないという話でしたし、確実にどこに行っても引っ張りだこですよね）

それぐらい、魔法騎士という存在は貴重だ。

魔法を扱うのも難しい、剣を扱うのも難しい。その中で、両方を磨き上げるなどよっぽど戦闘の才能に溢《あふ》れた人間でなければ困難。片方だけでも磨けるかどうかというのが現状である。

故に、もしも話の流れが本当であれば——アデルがかの英雄『黒騎士』であるなら、是非とも良好な関係を築きたいと思う生徒も多いことだろう。

（まぁ、そうは言いますが……本人は嫌がりそうですね）

学生の身であるにもかかわらず、愛された戦闘の才能。

なんとも宝の持ち腐れだ、と。エレシアは肩を竦《すく》めた。

「ごほんっ！　な、なってしまったのは仕方ない……噂《うわさ》が落ち着いて炬燵《こたつ》で蜜柑《みかん》を食べさせてもくれていない現状、学園を退学になるわけにもいかん。程よく頑張るとしよう」

アデルが咳払《せきばら》いを入れたと同時に『Sクラス』と書かれた表札のドアへと辿《たど》り着く。

そして、ゆっくりとその扉を開けた。

すると——

『『『『…………………（ギロッ）』』』』

皆の鋭い視線が一斉に集まったのであった。

「（ふふふ……一躍有名人にでもなった気分。サインを求める列でもできるか？）」

「（刺されそうな視線ですが、果たしてサインを求められるだけで済むのでしょうか？）」

恐らく……いや、朝の件を考えると、十中八九「なんで侯爵家の恥さらしが一位なんだよ」的な視線だろう。

一生懸命努力してきたのに、無能だと馬鹿にしていた人間が自分達の上にいる。さぞ納得ができないはずだ。

『なんで、あの恥さらしが一位に……絶対に不正を働いたに違いない』

『エレミレア伯爵家の神童が俺達より順位が上なのは分かるけど』

『っていうか、なんでエレシア様が恥さらしと一緒に？　まさか脅されてる？』

見渡す限り、ざっと人数は二十名。

椅子の数と、遅れてきたこともあってこれ以上人数が増えることはなさそうなため、目視で確認できた人数がこのクラスの総勢だろう。

そして、その全員からアデルは注目を集めている。しかも、胸に刺さりそうな鋭い視線が。

（こういう視線は『黒騎士』騒動のギャラリーよりかはいいけど、注目度は変わらないっていうのが辛《つら》い……）

そんなことを思いながら、アデルは空いている席に向かって腰を下ろす。

隣で「すみません、席を譲ってくれませんか？」「いや、その……」「ユズッテクレマセンカ？」「あ、はい……」というやり取りが聞こえたものの、アデルは気にせず窓の外を見る。

「ご主人様、もう少し椅子をくっつけてもよろしいでしょうか？」

「いや、充分近いだろ？」

「ですが、間隔が空いております……このままでは教科書の見せ合いっこができません」

「教科書、まだ配られてないがな」

「お弁当も食べさせてあげられません」

「お弁当、持ってきてないがな」

こっちはこっちでマイペース。

主人に視線が集まっても、主人Loveな行動は変えるつもりがないようだ。

その様子に、アデルは苦笑いを浮かべていると――

「あ、あのっ！」

ふと、エレシアの横から自分宛てに声がかかる。

気になって視線を向けると、そこには月と同じような煌《きら》びやかな長髪を靡《なび》かせる美しくも愛らしい少女が立っていた。

何事だろうか？　ファンでもないだろうし、まさか真っ向からイチャモンを？　などと、おずおずとしている少女を見て首を傾《かし》げる。

そして――

「サ、サインもらっていいですか!?」

「わぁお」

まさかのファンであった。

「ダ、ダメ……ですか？」

可愛い女の子からいきなりサインを求められた。しかも、超絶美少女枠の女の子から。

だが、何故《なぜ》いきなりサインなんかを？

自慢ではないが、アデルは『黒騎士』としてサインを幾度となく求められては断ってきた。

それは、あくまで自分のためにしている行為であって、誰もが憧れるような存在として目立とうとは思っていなかったからだ。

初めは疑問に思ったが、きっとこの子は己が『黒騎士』だと知ってサインを求めてきたのだろう。

やれやれ、己の有名っぷりにも困ったものだ。申し訳ないが、ここはしっかり断らなければ——

「フッ……誰か紙とペンを持って来てくれないかな」

「何をしているんですか、ご主人様」

アデル・アスティア。

美少女の前では、どうやら恰好《かっこう》をつけたがる男の子みたいだ。

「むっ？　ご主人様……鼻の下まで伸ばされておりますね」

「ちょっと待つんだ、相棒さんよ。その唐突に俺の肩に置かれた手は、一体どんな用途で使われるんだ？」

「誰彼構わず鼻の下を伸ばすご主人様にお説教をするためです」

「誰彼構わずとは失敬な！　俺は美少女オンリーの誠実ボーイ——」

ぱきゃ☆

「つまり、美少女であれば誰でもいいということですか？」

「……はい、もう少し誠実に生きようと思います」

外された肩が痛いなぁ、と。
アデルはさめざめと涙を流しながら肩を戻していくのであった。
『お、おいっ！　なんでルナ様が恥さらしに⁉』
『あいつ、また何かやったのか⁉』
『ふざけんなよ……羨ましい』
その時、またしても周囲から声が聞こえてくる。
耳に届く内容を拾っていくと、どうやら今回はこの女の子に対してのものみたいだ。
（えーっと……この子、そんなに凄《すご》い子？）
アデルは基本的に社交界には滅多に顔を出さない。
単純に「面倒くさい」というのと、あまり歓迎されないというのが主な理由なのだが、
それ故にあまり貴族の顔や名前を憶《おぼ》えてはいなかった。
（んー、でもどっかで見たような顔）
はて、どこだったっけな？　と、アデルは首を傾げる。
「あの……」
その時、蚊帳《かや》の外にされていた金髪の女の子が首を傾げる。
アデルはもう一度話しかけられたことによって、ようやく我に返った。

「あ、あー……ごめんなさい？　サインはあげられないんだ、怒られるから」

「あぅ……そっかぁ」

シュン、と。可愛《かわい》らしく項垂《うなだ》れる少女。

その姿が大変可愛らしく、周囲にいたクラスの男達は誰もが見惚《みと》れてしまっていた。

「はいはーい、姫さんストップー」

そして、今度は少女の後ろから小柄な女の子が現れた。

「何いきなりファンサービス求めていやがるんですか。開幕早々目立ってんじゃねぇですよ、有名人」

「うぅ……だって生『黒騎士』様……」

「はいはい、講師が来る時間でいやがりますからねー、ファンは有名人の邪魔にならないようはけましょうねー」

そう言って、現れた茶髪の女の子は少女の首根っこを摑《つか》んでそのまま空いた席へと向かっていった。

途中に「お邪魔しましたー」「あー、お話ぃー」などと言っていたような気がするが、引き摺《ず》られる構図がなんとも苦笑いを誘った。

しかし、席へと彼女達が戻った瞬間、ここぞとばかりに近くにいた生徒達が集まり始める。

「なに、あの子有名人？」

「はぁ……ご主人様の認知力が低くて年齢を疑ってしまいます」

「ボケたわけじゃなくて知らねぇんだよ純粋に！　だから俺は悪くない歳《とし》を取ったわけでもない！」

「知らない時点で悪いんですよ、あなたはどこに住んでいると思っているのですか？」

「お空の下」

はぁ、と。エレシアはもう一度大きなため息を吐《つ》く。

そんなに有名人なの？　と、アデルは疑問に思う。

「おいおい、なんだよなんだよそんな怖い前振りはやめてくんない？　ある意味夜中に聞かされる怪談よりも背筋が凍るんだけど⁉」

目立たない、ひっそりと過ごすための秘訣《ひけつ》は「有名人と関わらないこと」だ。

有名人と一緒にいれば、その有名人の注目度によって己も周囲の視線を受けることになる。

回避するためには、しっかりと有名人とは距離を取って極力認知されないことが自堕落な学園ライフを送る上でのモットーとなるのだ。

故に、アデルはエレシアの反応を見てビクビクと怯《おび》える小動物のように体を丸まらせた。

「うぅ……怖いよぉ、馬車馬を引く御者さんが現れるぅ……」

「……ご、ご主人様。今のお姿が大変可愛らしいので、抱き着いて頭を撫《な》でてもよろしいでしょうか？」

どうやら、メイドは主人の小動物化に胸を擽《くすぐ》られたみたいで。

本人の許可なく、抱き着いては愛《め》でるように頭を撫で始めた。

「ちなみに先程の話の続きですが、知らないのは置いておいても壇上で話していましたよ、覚えていませんか？」

チラリと、エレシアは教室の反対側を見る。

そこには、先程よりも多くなった人集《ひとだか》りがあった。

「彼女の名前はルナ・カーボン――この国の第二王女様でございます」

「酷《ひど》いっ！」

アデルは更に小動物のように怯えながら、エレシアの胸に抱き着いた。

なんだかんだ学園で一番権力を持っていそうな人が接触してきたが、講師が無事にやって来てホームルームが終了。

ホームルームは、簡単に学園の説明を受けた。

聞いた話の要点をざっくりとまとめると――

・一ヶ月ごとの定期試験によって成績が振り分けられ、順位が変動。
・決闘という規則に則《のっと》り、試験以外での順位変動あり。
・各クラス二十名。順位変動によりクラスが変わった場合、退学。

――とまぁ、なんともシビアな内容だった。

つまり、アデルが三年間の自由を謳歌《おうか》しほとぼりが冷めるのを待つためにはSクラスから下がらないようにしなければならない。

ここが、以前エレシアが言っていた『一定の基準成績を落としたら退学』という部分なのだろう。

成り上がる分には申し分ないが、落ちこぼれには用がないと改めて現実を突きつけられたような気分だ。

そして、そんなシビアな規則に無理矢理気を引き締められたあとは早速各クラスで授業が行われる。

それを、アデルは――

「エレシア、見ろ！　絶好のお昼寝スポットじゃないかッッッ！！！」

「こんなに早く見つけてしまうとは……ご主人様の堕落への熱意は流石《さすが》です」

――堂々とサボっていた。

「いやぁー……日当たり良好、風良好、静けさ良好。石造りだからちと背中は痛いが、工夫をすれば無問題《モーマンタイ》。やっぱり学園の定番おサボりスポットは屋上だよなぁ」

ホームルームを終えてすぐ。

アデルはいち早く校舎の中を探索、そのあとすぐに屋上という絶好スポットを発見して早速足を運んでいた。

もちろん屋上には授業中なので生徒や講師の姿はなく、心地よい風が二人の髪を靡かせる。

「こんなに心地いいんだったら、他の生徒も昼寝してそうだな。独り占めはよくないか？」

「公演の途中で舞台から降りるのはご主人様ぐらいですよ。その心配も杞憂《きゆう》かと」

「そんなもんかねぇ？」

アデルは地面を一回小突く。

すると地面から大きな草の束が現れ、一瞬にしてベッドのような形を作っていった。

「しかし、初日からサボりとは相変わらずですね、ご主人様」

「だって、あのまま教室にいたら変なやっかみを受けそうだし、変な王女様《ファン》がやって来るし、授業めんどいし、だったらそうなる前に逃げるべきだろ」

「言われてみればそうですね」

どうせ「お前が一位なんてあり得ない！　不正でもしてるんだろ⁉」と絡《から》まれるか、サインをねだるほどのファンである王女に話しかけられたあと「なんでてめぇみたいなやつが王女様と！」みたいなことを言われるに違いない。

であれば、絡まれる前に、話しかけられる前に逃げた方がいいだろう。これ以上、注目されてなるもんか……ッ！

「さーて、一眠りでもするかなぁ。寝る子は育つって話の証明をしなきゃ」

「立証したお子さんは親御さんに間違いなく怒られるでしょうけどね」

入試成績順位一位《ナンバーワン》と順位二位《ナンバーツー》が堂々とサボっているのだ。

前代未聞《ぜんだいみもん》であり、そもそも初っ端《しょぱな》から授業をサボるのは間違いなく怒られる案件である。

それでも気にしない二人は一緒にベッドに足を踏み入れ、アデルは横になり、エレシア

ファンタジア文庫の最新情報が満載！
ファンタジアチャンネル
FANTASIA CHANNEL
2025 3
リナに、ナーガに、あの人その人も大暴れ！
13年ぶり、待望の爆笑短編集
スレイヤーズすぴりっと。
『王子と王女とドラゴンと』
著：神坂一 イラスト：あらいずみるい
※実際のイラストとは異なります。
7年ぶり待望の第17弾！
大人気陰×陽ファンタジー
東京レイヴンズ 17
REsiSTANCE
著：あざの耕平 イラスト：すみ兵
画集同時発売!!
ロクでなし魔術講師と絵画回想《ギャラリーレコード》
三嶋くろね画集 vol.3
著：三嶋くろね 著：羊太郎
ファンタジア文庫
毎月20日発売！
公式HP https://fantasiabunko.jp/
〒102-8177 東京都千代田区富士見2-13-3

ドラゴンマガジン5月号
王道ライトノベル誌
ドラゴンマガジン
5月号
電子版も配信中!
奇数月30日に最新号を配信
3月19日発売!
表紙&巻頭特集
スレイヤーズ
表紙&巻頭は「スレイヤーズ」にて幕を閉じます。
久しぶりに刊行される文庫新刊や、
周年イベントの情報を余すところなく届けします。
また、こちらも待望の文庫新刊発売となる「東京レイヴンズ」や
いよいよ完結を迎える「経験済みなキミと、
経験ゼロなオレが、 お付き合いする話。」、
「つぎラノ」入賞で話題の「平民出身の帝国将官、
無能な貴族上官を蹂躙して成り上がる」など
人気作・話題作のご紹介をたくさん!
お届けしてまいります。
メディアミックス情報
2025年TVアニメ
放送予定!
▸公女殿下の家庭教師
ふろく 1
「スレイヤーズ」×
「東京レイヴンズ」
ビッグサイズ
ポスター
ふろく 2
「公女殿下の家庭教師」
ミニ文庫
イラスト/あらいずみるい、四季童子、つなこ、トマリ ※実際のイラストとは異なります。
切り拓け!キミだけの王道
第39回ファンタジア大賞
原稿募集中!
前期〉締切 2025年8月末日
詳細は公式サイトをチェック!
https://www.fantasiataisho.com
選考委員
細音啓「キミと僕の最後の戦場、あるいは世界が始まる聖戦」
橘公司「デート・ア・ライブ」
羊太郎「ロクでなし魔術講師と禁忌教典《アカシックレコード》」
賞金
大賞 300万円

ファンタ
私の好きな先輩は、
今日も私じゃない誰かと
夜を過ごす。
新作!
アフタヌーンティーはいかがですか?
私と先輩の、不純で一途なふたり暮らし
著:桃田ロウ　イラスト:塩こうじ
一ノ瀬結衣さんは、女たらしと有名な大学の先輩だ。そして、嘘つきで、意地悪な私の同居人でもある。「恋愛対象外」そう私に告げた彼女が、誰とどんな夜を過ごそうと私には関係ない。そう思っていたはずなのに……。

第37回ファンタジア大賞《金賞》
斜め上の王道ファンタジー!
新作!
天羽ルイナの空想遊戯
彼女の作った鬼畜ゲームを、
僕が攻略するまで
著:ショーン田中　イラスト:輝竜司
攻略絶対不可能なオリジナルゲームを作る少女・天羽ルイナ。ファンタジー世界を舞台にしたそのゲームをクリアしたら、望みを何でも聞くと言っていて——!?
現実と異世界が交差する、斜め上の王道ファンタジー!

©2024 紫大悟・クレタ／KADOKAWA／魔王2099製作委員会

魔王2099

THE LORD OF IMMORTALS BLOOMING IN THE ABYSS F.E.2099

著：紫大悟　イラスト：クレタ

Blu-ray&DVD 第4巻
2025年3月26日(水)発売!!

Blu-ray&DVD 第5巻
2025年4月23日(水)発売!!

▶ CAST ◀

ベルトール：日野 聡　マキナ：伊藤美来
高橋：菱川花菜　グラム：浪川大輔
マルキュス：松風雅也　木ノ原：伊藤 静
緋月：山根 綺

公女殿下の家庭教師

Private Tutor to the Duke's Daughter

著：七野りく　イラスト：cura

2025年
TVアニメ
放送予定!

CAST

アレン：上村祐翔　ティナ：澤田姫
エリー：守屋亨香　リディヤ：長谷川育美

©2025 七野りく・cura/KADOKAWA/「公女殿下の家庭教師」製作委員会

デ ィ ア ミ

キミと僕の最後の戦場、あるいは世界が始まる聖戦
SEASON II

CAST
イスカ：小林裕介
アリスリーゼ・ルゥ・ネビュリス9世：雨宮 天
ミスミス・クラス：白城なお
音々・アルカストーネ：石原夏織
ジン・シュラルガン：土岐隼一
燐・ヴィスポーズ：花守ゆみり
シスベル・ルゥ・ネビュリス9世：和氣あず未
イリーティア・ルゥ・ネビュリス9世：沢城みゆき

©細音啓・猫鍋蒼／KADOKAWA／キミ戦2製作委員会

異世界でチート能力《スキル》を手にした俺は、現実世界をも無双する
著：美紅
イラスト：桑島黎音
I got a cheat ability in a different world, and became extraordinary even in the real world.
新アニメ企画進行中!!
シリーズ累計390万部突破！
※文庫＋コミックス（ともに電子版を含む）

©美紅・桑島黎音／KADOKAWA／いせれべ製作委員会

百合好きによる、百合好きのための新プロジェクト
Girls Line
Presented by ファンタジア文庫
あなたの"好き"がここにある。
詳細は公式Xへ▶▶▶
イラスト／U35、きさらぎゆり

…話。新作
…美は、
新作
…なだケイスイ

美少女しかいない生徒会の議題がいつも俺な件 新作
著：恵比須清司　イラスト：ふわり

公女殿下の家庭教師 19 鍵護りし聖楯
著：七野りく　イラスト：cura

※ラインナップは予告なく変更になる場合がございます。

4/18 発売!!

ファンタジア文庫公式X（Twitter） @fantasia_bunko

…WA

ジア文庫3
最強だった
取り繕えない程の
新作!
仮面の黒騎士。
正体バレたので
もう学園でも無双する
著:楓原こうた　イラスト:へいろー
貴族の少年アデルは王女を助けるなど多大な功績を上げつつ自由な身でいようと正体を隠していたが、うっかり素顔がバレてしまう。そしたら王女様も自分のファンになったとやってきて——学園中に実力もバレました
安心して。
七瀬さんは
僕が絶対に
幸せに
するから。
ちっちゃくてデカくて可愛い七
勘違い元カレから奪って幸せに
著:烏丸英　イラスト:瑠川ねぎ
尾上雄介は、クラスメイトの七瀬ひよりが幼馴染の江間仁秀に裏切られる場面に遭遇する。傷心のひよりを見かねた雄介は思わず声をかけ、少しずつ仲良くなっていく。一方で、「すぐ元通り」と仁秀は勘違いを深めて——
ファンタジア文庫4月の新刊
スパイ教室13
《燎火》のクラウス
著:竹町　イラスト:トマリ
※実際のイラストとは異なります。
顔だけ良いクラスメイトが、
やたらとグイグイ来る百合の
著:能代リョウ　イラスト:べにしゃけ
倒れた婦人を救ったご褒
娘の美人双子との
お付き合いでした。
著:遊河あくあ　イラスト:さ
KADOKA

は当たり前のように膝を揃《そろ》えてアデルの頭を上に置いた。

「エレシアも寝ればいいのに」

「ふふっ、私の定位置はこちらですので。たまに入れ替わったりはしますが」

「んじゃ、今日は俺の番」

アデルの作ったベッドはふかふか。草や葉っぱも生み出せる限りの植物の中から肌触りがよいものを厳選しており、簡易的に作ったものにしては上質なもの。

見上げれば澄み切った青空が広がっており、柔らかい太ももの感触もあって大変心地よかった。

「そういえばさ」

「はい？」

「エレシアって膝枕が好きだよな。ことあるごとに要求してくるし、してくれるし」

ふと、アデルは疑問に思ったことを口にする。

「そうですね……私なりの愛情表現、でしょうか？　昔、よくお母様にされていたので、そこから習性になったのかもしれません」

「甘えん坊さんの習性ができたのは、なんとも可愛らしい理由なんだな」

「ふふっ、それはもちろん。私、母親っ子な女の子ですから」

エレシアは上品な笑みを浮かべながら、優しくアデルの頭を撫でる。

見上げるような形で眼前に端麗な顔が近づいているからか、その姿にアデルは思わずドキッとしてしまった。

「……いいのか、母親っ子？　こんなところでメイドなんかしてて」

だからこそ、胸の高鳴りを誤魔化すようにアデルは口を開いた。

「順風満帆、魔法家系の神童、社交界では容姿も相まって引っ張りだこ。そんな女の子が、ある意味正反対な騎士家系……それも、恥さらしのメイドをやるときた。今更言うが、それ以外に幸せな道なんていっぱいあったんじゃねぇの？」

なんでこんなところに、と。

アデルは少し眠気が訪れてそのまま顔を横に向け体勢を変えた。

エレシアは少し考えるように天を見上げ、再びアデルへ視線を落とす。

「恩義だと思いますか？」

「違うのか？」

「恩義はいらないと言われましたので、そもそも感じておりません。私がここにいるのは、もっと違う理由ですよ」

優しい手つきはまるで温かく包まれているかのよう。

心地よい春の風も相まって、アデルはいよいよ瞼《まぶた》が重くなっていった。

「そんな、もんか……」

「はい、そんなもんです」

「……そっ、か」

いよいよ、アデルの口から寝息が聞こえ始める。

今見せてくれている寝顔はまるで子供のようで、普段のおちゃらけた雰囲気より随分可《か》愛《わい》らしく見える。

――これがエレシアの特等席。

この顔を間近で見られるのは、自分だけ。家を飛び出したからこそ味わえる幸せな席だ。

「本当に、これ以上の幸せがどこにあるというのですか……ご主人様」

エレシアは天へと顔を上げて目を閉じる。

その時、ふと何故《なぜ》か昔のことを思い出してしまった。

そう、初めてアデルと出会ったあの日のことを――

回想〜エレシア・エレミレア〜

エレシア・エレミレア。

魔法家系歴代を遡っても稀《まれ》に見る天才児。魔力総量、運用センス、記憶力どれを取っても群を抜いており、その潜在能力《ポテンシャル》は現王国魔法士団の団長である父親をも凌《しの》ぐ。

その才覚は幼い頃から発揮されており、周囲は彼女のことを『エレミレア伯爵家の神童』とまで呼ぶようになった。

おかげで、一時魔法家系のエレミレア伯爵家は社交界で有名となる。

エレミレア伯爵家はある意味対極にいるアスティア侯爵家とは違って長年功績を残しておらず、比較されては常に世間の評判に埋もれてしまっていた。素質だけなら間違いなく王国一の少女。話題にならないわけがない。

そのおかげもあってか、エレシアの下には多くの縁談が舞い込むようになった。

商会長の息子、貴族の嫡男、一時は王族からの縁談も挙がったほど。

しかし、圧倒的な才覚の弊害と言うべきか。エレシアは他者にあまり関心を持たなかった。

社交界に顔を出しているはずなのに友人も少なく、数多い家族の中でも母親にしか心を開かない。

いつか、母親がこんなことを言っていた――

『あなたもいつか、素敵な男の子……そうね、一生傍《そば》に居たいって思えるような人と巡り合ってちょうだい。あなたの見ている景色が、全て幸せ色になるわよ？』

意味が分からなかった。

貴族として、いつかは政略結婚をしなければいけないというのは分かっている。

だが、己が自ら望むような相手？　皆、等しくそこら辺に転がっている石と変わらないのに？　なんて、エレシアは母親の言葉を聞いてからそう思っていた。

それは、十二歳になるまで変わらず、結局無関心な性格はそのまま体と一緒に成長する。

とはいえ、現当主である父親からしてみれば些事《さじ》たること。

エレシアは将来、由緒《ゆいしょ》正しい騎士家系であるアスティア侯爵家を越える存在となるのだから――

「はぁ……お父様も面倒なことを押し付けてきます」

十二歳を迎えたある日。

エレシアは一人で伯爵領から離れた森の中を歩いていた。

魔法士として頂点に立つのであれば、幼い段階から戦闘に慣れるべき——そう教わり、いずれは一人で任務をこなせるようにと子供一人森の中へ放り込まれたのだ。

「魔獣の討伐。比較的弱い魔獣しか生息していないとはいえ、シャンデリアの下で踊るレディーが歩いていいような場所ではないと思うのですが」

そう愚痴を吐いた時、ふと先の茂みから一匹の狼《おおかみ》のような魔獣が現れる。

まだ、エレシアの存在には気づいていないのか、きょろきょろと辺りを見渡すだけ。

エレシアは指を向けて、早速討伐することにした。

「世に降り収束していく陽の光は我が袂に《さあさあ、一つ天の乙女が素敵なプレゼントをしましょう》」

神童が扱う魔法は自然界の中でもごくごくありふれた光。

生み出すこともあるが、基本的には単純に周囲に散らばっている光を回収し、手元に集め、放っていく。

それ故に、射出速度は最速。詠唱さえ終われば、あとは押し出すだけで本来光が持つ性質の下に周囲を抉《えぐ》り、文字通り光速で敵を穿《うが》つことが可能。

ゼロから一を生み出さない限り、元の多大なる魔力総量もあってエレシアに魔力切れはほとんどない。

「完成《ギフト》、『光の矢』」

だからこそ、エレシアは正直に言うと一人森の中へ放り込まれたとて怖くはなかった。

向かうところ敵なし。本気で戦えば父親ともいい勝負をし、兄妹《きょうだい》や同年代の者を圧倒できる。

「さて、あと何体倒して帰りましょうか」

頭部が丸々吹き飛ばされた魔獣を見て、エレシアは軽い調子で歩き出す。

さっさと終わらせて、早く帰ろう――――そう思っている時点で油断していたのは明白であったのだろう。

『gyaaaaaaaaaaaaaaaaaaaaaaaaaaaaaaaaaaaaaaaaaaaaaaa!!!』

故に、背後から聞こえた雄叫《おたけ》びによってようやくその存在に気づいた。

「ッ!?」

咄嗟《とっさ》にエレシアは振り返る。

いつの間に？　そう思ってしまうほどの熊のような風貌。小さくて見逃していた……なんてこととは無縁の巨体。己の体の二倍を優に超え、圧倒的な威圧感を放つ。

恐らく、獲物の傍に来るまで足音を消していたのだろう。

だが、エレシアはパニックに陥り「どうして？」の答えを当てることはできなかった。

その代わりに、反射的とも言える速さで巨大な魔獣へと指を向ける。

「世に降り収束していく陽の《さぁさぁ、一つ天の乙女が素敵なブ》――」

エレシアはまだ幼い。

戦闘経験もほとんどなければ、世の魔法士がどういうポジションで戦っているのかを知らない。

その結果、エレシアは重要なシチュエーションで致命的なミスを犯すことになる。

『gyaaaaaaaaaaaaaaaaaaaaaaaaaaaaaaaa!!!』

「がッ⁉」

魔獣の巨腕が、思い切りエレシアの小さな胴体を横薙《な》ぎに殴った。

「いあァァァァァァァァァァァァァァァァァァッ⁉」

魔法の詠唱は大きな隙となる。

近接戦に持ち込まれた時点で、魔法士は逃げる選択を取るべきだったのだ。

しかし、幼い少女はまだそのことを知らない。

これが経験の差――エレシアの体は森の草木を薙ぎ倒し、地面を何度もピンポン玉のように転がる。

「い、だぃ……」

痛い、痛いッッッ!?!?!?

なんで？　どうして!?　そんな悲痛な疑問が頭の中を埋め尽くす。

しかし、それを待ってくれる魔獣ではなかった。

何せ、目の前には上質な肉の塊が。　餌を前にして、魔獣は捕食するために近づいていく。

（か、体が……）

逃げたくても、殴られた場所と叩《たた》きつけられた場所に痛みが走って動かせない。

このままでは……なんて恐怖が、エレシアを襲っていく。

「な、ぜ？」

私がこんな目に？　私は強い……でも、私は死にかけて？　だからやりたくないって。

そもそも、なんで私一人をここに放置したの？　聞いてない、こんな魔獣がいるなんて。

でも――――それより死にたくない。

「死にたく、ないです……！」

そう口にしても、体は思うように動かなくて。

助けてと、願っても魔獣は足を止めなくて。

エレシアの瞳からポロポロと……物心ついてから一度も流さなかった涙が、零《こぼ》れ始める。

その時——


「おいおい、鬼ごっこするなら俺も交ぜろやクソ雑魚《ざこ》が」


——唐突に、魔獣の腕が吹き飛ばされた。

『gyaaaaaaaaaaaaaaaaaaaaaaaaaaaaaaaaaaaaaaaaaa!!!???』

耳に響くような魔獣の叫びが木霊《こだま》する。

その瞬間、吹き荒れる血飛沫《ちしぶき》をエフェクトとするかのように、一人の金髪の少年が空から降ってきた。

「うるせぇな……こっちは面白い植物がないか探索の最中だったんだ。少しぐらい途中参加勢を歓迎しやがれ」

恐らく同い年ぐらいだろうか？　見た目にも若く、そこら辺にいる子供と変わらない。

変わっているとすれば——手元に黒く染まった剣のような何かが握られていることぐ

らいだろう。
そして、魔法の天才であるエレシアはその剣を見て驚愕する。
（ま、ほうで作られた……剣？）
疑問は解消されることなく、少年は剣を横薙ぎに振るっていく。
しかし、魔獣は跳躍することで躱《かわ》すと、一思いに残った腕を叩きつけた。
だが、小さな体を押し潰すことはなく、剣で受け止めて少年は獰猛《どうもう》に笑う。
「弱《よえ》ぇよ、クソ魔獣！　もっと体重増やして出直して来いッ！」
少年の蹴りが魔獣の腹に突き刺さる。
体格差があるはずなのに、魔獣の体は地面をバウンドして転がっていった。
すると、何故《なぜ》か少年はもう一度剣を横薙ぎに振るい始める。
距離があるはずなのに。その剣のリーチでは、届かないはずなのに。
「『森の王』」
とはいえ、そう思っていたのはエレシアだけであった。
横薙ぎに振るうと同時に何故か剣の刀身が伸び始め、転がる魔獣の首を的確に刎《は》ねる。
「…………」
唖然《あぜん》、呆然《ぼうぜん》。エレシアの口からは、何も飛び出してこなかった。

先程まで心身が恐怖で染まっていたというのに、この少年が現れて全てが変わってしまった。

同い年ぐらいにもかかわらず、あの巨体を圧倒できる筋力。魔法士の弱点である詠唱を必要とせず魔法を扱えるセンス。加えて、それらを混合させた戦闘スキル。

……常軌を逸している。

こんなの、神童と呼ばれた自分が馬鹿らしく思えてくるほど――

「大丈夫か？」

呆然としていると、少年がゆっくりと近づいてきた。

こうして正面を向いてくれたから、その少年が社交場で何度か見かけたあのアスティア侯爵家の恥さらしと呼ばれている人だと分かった。

何故？　無能と呼ばれているはずじゃ？　そんな疑問が浮かび上がるが、それ以前に

――


「あ、ぁア……」

恐怖によって塞《せ》き止められていたエレシアの感情が、溢《あふ》れ出した。

「あ、アアッツッ！！！」

初めての死の淵《ふち》、初めての恐怖。

それらによって、エレシアは人生で初めて大きな声で泣き叫んでしまった。

突然泣いたことで、少年はあたふたと戸惑い始め……迷いに迷った結果、勢いよくエレシアの体を抱き締めた。

「お、落ち着けって……な？　大丈夫、倒したから！　魔獣はもういないから！」

「あァァァァァァァァァァァァッ！！！」

「あー、もうっ！　夢に出てくるようだったら俺を呼べばいいし、また現実でも現れそうだったら迷惑考えずに呼べばいいから！」

そして、

「そしたら、俺が絶対に倒してやる！　だから泣き止《や》んでくれって！　誰かが泣いてる姿は苦手なんだよ！」

エレシアはこの日、英雄《ヒーロー》に出会った。

人生で初めての経験。人生で初めて報われた瞬間。

神童と呼ばれた少女は、泣き止むまでにしばらくの時間を要してしまった。

（あぁ……なんでしょう、この気持ち）
その際、ずっと安心させるように力強く抱き締めてくれた少年がいる。
安心する、心地よい、胸の鼓動がうるさい、彼の背中が目から離れない。
願うことなら、ずっとこうしていたい。
こんな感情、今まで抱いたことがなかった。
（そう、ですか……分かりました）
エレシアは少年に家まで送ってもらい、ようやく己の変化に気づいてしまった。
そして、母親に向かってこう言い放ったのだ——
「お母様……私、見つけました。一生、お傍《そば》に居たいと思える人に」

魔法家系、エレミレア伯爵家の神童。
この日をきっかけに、彼女は全ての反対を押し切って家を飛び出した。
全ては、初恋であり一目惚れ《ひとめぼ》でもあり、のちに『黒騎士』と呼ばれるようになる——
英雄《ヒーロー》の傍に居るために。

派閥とお誘い

結局、アデルは昼休憩が始まるまでずっと屋上で寝てしまった。

もちろん昼休憩は授業などなく、寝起き早々寮に行ってエレシアお手製の昼食をいただき、教室に戻ったのは午後一番の授業から。

さて、サボった人間のお咎《とが》めとかあるのかな？　なんてお気楽なことを思っていたアデルくん。

現在——


「さぁ、懺悔《ざんげ》を」

「足がァァァァァァァァァァァァァァァァァァァァァァァァァァァァァァアッ！！！」

重石《おもし》を抱いて正座をしていた。

「酷《ひど》いっ！　人としてやることが酷いっ！　それでも人を導く聖職者の所業か!?」

「ふむ、懺悔が足りないようですね」

「ぎぃやぁぁぁぁぁぁぁぁぁぁぁぁぁぁぁぁぁぁぁぁぁぁぁぁぁぁぁッ！！」

どうしてこのようなことになっているのかというと、ざっくり言えば「教室に戻った瞬間に拉致」である。

目の前に立っている神父のような恰好《かっこう》をした講師に首根っこを摑《つか》まれ、引き摺《ず》られるがままやって来たのは拷問器具などが勢揃《せいぞろ》いする懺悔室。

そして、アデルは新入生にもかかわらず堂々とサボった罰として、十露盤《そろばん》板の上に正座して石抱きを行わされていた。

「なるほど、学園にはこのような場所もあるのですね」

エレシアが横で正座しながら物珍しそうに見渡す。

こちらは、単なる正座である。

「生徒の中には信徒もおられますからね。全寮制である以上、伸び伸びと過ごしてもらうためであれば教会であっても学園側は用意します」

「そうなのですか」

「待って、俺の知ってる教会からほど遠いんだけどこの空間！」

辺りにあるのは血痕と拷問器具。

懺悔室にあるような衝立《ついたて》も懺悔できるような椅子も何もなかった。座れるのは三角木馬ぐらいだ。

「っていうか、なんで俺だけ石抱きでエレシアには何もないんだよ⁉」

「レディーにそのようなことができるわけないでしょう？」

「近年稀《まれ》に見る明確な男女差別ッッッ！！！」

ゴトッ、と。アデルの膝の上にもう一枚石がのる。

文句を言ったからだろうか？　アデルの顔が更に苦悶《くもん》に染まった。

「しかし、私も長年学園に勤めてきましたが、初日から堂々とサボる生徒は初めて見ました」

「俺も人生で初めて堂々と体罰を受けました」

「順位に影響がないとはいえ、流石《さすが》に授業は受けるべきですよ？」

仰《おっしゃ》ることは講師としてはごもっともである。

しかし何故だろうか？　足の痛みのせいでまったく耳に響いてこないのは。

「とはいえ、あなたがアデル・アスティアくんですか」

石を一枚「ぎゃぁぁぁぁぁぁぁぁぁぁぁぁっ⁉」置きながら、神父姿の講師は口にする。

「ご存じなのですか？」

「ええ、私は貴族ではありませんので社交界の噂《うわさ》は耳にする程度ですが、採点会議の際にかなり話題となりましたから」

「流石はご主人様ですね。話題に事欠かない人です」

「嬉《うれ》しくない……こんなに冷たくて重いプレゼントも、話題の中心になることも嬉しくない」

主人を褒められ誇らしそうに正座をするエレシアに反し、アデルは冷たい石の感触を味わいながらさめざめと泣く。

卒業生が少ないのは、懺悔《ごうもん》をさせられて逃げ出す生徒がいるからではないだろうか？　なんてアデルは思ってしまった。

「筆記試験ではほぼ満点。剣術では講師を倒し、魔法では見たこともない魔法で的だけでなく空間を支配。間違いなく、歴代の生徒の中でもトップクラスの実力を持っているでしょう……だからこそ、私はあなたに期待しております」

「期待しているなら、もっと丁重に扱ってぇぇぇぇぇぇぇぇぇぇぇぇぇぇっ⁉」

「さて、懺悔を続けましょうか」

「いいいいいいいいいいいいいいやぁぁぁぁぁぁぁぁぁぁぁぁぁぁぁぁっっ

っ！！！」

結局、アデルが解放されたのは放課後になってからであった。

◆◆◆

茜色《あかねいろ》の陽射《ひざ》しが寮へと続く道を照らし始めた頃。

アデルは小鹿になった足をなんとか踏ん張りながら、ゆっくり睡眠を取るために寮へと向かっていた。

「うぅ……足が、産まれたての子鹿のように」

「帰ったら頭なでなでしながら膝枕とマッサージしてあげますから、寮まで頑張ってください」

「ぐぬぬ……」

脳裏に浮かぶのは、もう二度と見たくもない血で彩《いろど》られた懺悔室と冷たい重石。

アデルは恨めしそうに天を見上げると、小さく呟《つぶや》いた。

「……次からサボる方法を変えないと」

「真面目に授業を受けるという選択はないのですね」

「ない」

「ないですか」

もう初日にどんな授業を行ったのかは分からない。

これから追いつけるかどうかを普通は考えるのだが、アデルはそれよりも「懺悔室に行かずにサボれる方法」を考え始める。

自堕落ライフを謳歌《おうか》する者は、どうやら肝っ玉も思考も一味違うようだ。

「にしても、なんだか騒がしいよな」

アデルが不意に周囲を見渡す。

芝生で埋め尽くされた敷地《しきち》の先には訓練場やら運動場、それこそ教会やら別の校舎まである。

そこからは騒がしい喧騒《けんそう》が耳に届き、本来寮に戻っていそうな生徒が多く視界に入った。

「どうやら、皆様は部活動探しをされているみたいですよ」

「部活動？」

「はい、この学園にはどうやら各々《おのおの》やりたいことをするために部活というものを作っているみたいです。馬術に剣術、魔法研究に菜園など、生徒の自主性を重んじるために色々と用意されているのだとか」

「へぇー」

「恐らく、騒がしいのは部活動の勧誘と部活動探しに勤《いそ》しんでいるからですね」

ふぅーん、と。アデルは興味なさそうに鼻を鳴らす。

放課後に騒がしいということは、放課後に何かをするということ。部活動がなんたるかはいまいち理解していないが、放課後まで縛られるのはごめんと思っているアデルはそもそも興味が湧かなかった。強《し》いて言うなら、菜園が少し気になるぐらいだろうか?

その時――――

「アーくぅぅぅぅぅぅぅぅぅぅぅぅぅぅぅぅぅぅぅぅぅんっ!」

ふと、背後からそんな聞き慣れた声が耳に届いてしまった。

いつもなら、反射的に足を動かしていたのだが、今日に限っては悲しいことにそうもいかない。

「ちくしょう、さっきの影響で足が動かねぇッッッ!!!」

「大人しくされたらいかがですか? 袋のネズミさんも、存外可愛《かわい》らしいですよ?」

「猫に弄ばれて死んじゃうのに愛《め》でる余裕があるのかぐぇっ!?」

そう言いかけた瞬間、背後から思い切り抱き着かれる。

あまりの衝撃と重さに、思わずそのままこけてしまいそうだった。

そして、アデルの顔の横から可愛らしくも美しい顔とアデルと同じ艶やかな金髪が覗《のぞ》き込まれる。

「ようこそ、アーくんっ！　お姉ちゃんは自堕落な弟に会えて嬉しいぞ☆」

ミル・アスティア。

無能であるからこそ白い眼《め》を向けられてきた家庭内で数少ない、仲良くしてくれているアデルのお姉さんである。

いるとは知っていたが、まさか入学初日に見つかってしまうとは。

遭遇率って何パーセントぐらいだろ、と。ブラなコンに抱き締められながらアデルは現実逃避に似た疑問を抱いた。

「お久しぶりです、ミル様」

ミルが現れたことにより、エレシアは挨拶程度の軽いお辞儀を見せる。

それを受けて、ミルは抱き着きながら可愛らしく手を振った。

「うんうん、エレシアちゃんもおひさ～！　あれ？　もしかしてデート中？」

「はい、下校デートです」

距離が短すぎるデートだと、視界の先に映る寮を見て思った。

「なぁ……なんか用、ミル姉さん？」

げっそりとした表情で、アデルはミルを引き離す。

背中越しに伝わるやわっこい感触が少しばかり名残惜しく感じたのは内緒だ。

「なんか用？　って言われてもなぁ～、アーくんが学園に入ることも言ってくれなかったし、挨拶も来てくれなかったからわざわざ捜してハグしに来たんじゃん！」

「ハグ」

「あと、チュー！」

「待て、いくら俺でもチューまでは容認していないっ！」

唇を向けてくるミルを手で押し退けるアデル。

横でエレシアが羨ましそうな顔をしていたが、アデルの内心はそれどころではなかった。

（あー、めんどいっ！　だから会いたくなかったんだよ！）

いくら兄妹《きょうだい》の中で数少ない仲良くしてくれている相手だとしても、アデルとしてはしばらく関わりたくはなかった。

何せ、ミルはアスティア侯爵家の中でもしっかりと才能と性格を引き継いだ女の子。

関わってロクなことはないし、サンドバッグにされる可能性もある。更には、容姿や家柄、実力もあって社交界ではかなり有名だった。きっと学園でも同じような人気っぷりを発揮しているに違いない。

であれば、関われば余計に目立つのは必至。

それに――

（姉さん、俺が『黒騎士』だって普通に勘づいてそうだもんなぁ）

アデルは分かっている。この姉が、こんな自分に仲良くしてくれている以上に過剰な愛情を向けていることを。

であれば、自分が『黒騎士』だというホットな話題を聞き逃すわけがない。

だからこそ、関わらずにそっと距離を置きたかった。

学園という箱庭で逃げ続けるのは難しいが、学年が違えばまだ可能性もある。

故に、アデルはこの学園にいるミルや他の兄妹に学園へ入ることは伝えていなかった。

とはいえ、そんなことを正直に言えるはずもなく。

アデルは押し退けた姉に向かって真剣な表情を見せた。

「俺、さ……才能が何もなくて、学園に入れるかどうか分からなかったんだ。だから、姉さんには中々報告しづらくて……」

「でも、アーくんが入試一位って話は聞いたよ？」

「………………」

情報が伝わるの早《はえ》ぇな、と。

アデルは泣きそうになった。

「ねぇねぇ、そういえばエレシアちゃん！」

「はい、なんでしょうか？」

「エレシアちゃんはアーくんが『黒騎士』だって知ってたの？」

「おっと、ミル姉さん！　真偽を確かめる前にあたかも俺が『黒騎士』だという前提で話を進めるんじゃぁない！」

普通はまず本人に向かって確かめるものだろうに。

どうやら、ミルの中ではアデルが『黒騎士』なのは確定しているようだ。

そして、それを受けたエレシアはお淑《しと》やかな笑みを浮かべて誤魔化した。

「ふふっ、さてどうでしょう？」

「むー、こりゃアーくんに口止めされてるにゃぁ～？　これは一緒にお風呂に入って本人から直接吐かせないと……」

「あれ？　姉弟《きょうだい》関係が壊れそうな不穏ワードが聞こえたけども？」

「であれば、私もご一緒してよろしいでしょうか？」

「………………………………なぁ、いつにする？」

「凄《すご》いよ、アーくん。どれだけエレシアちゃんの裸が見たいの」

「素直ですね、ご主人様は」

アデルは姉弟関係の崩壊よりも欲望に素直になれる男の子であった。

「あっ、そういえばアーくんってなんの部活に入るか決めてる？」

欲望に素直な男の子に向かって、ミルは唐突にそんなことを口にする。

「いや、入る気ないけど。だって放課後エンジョイ勢に暑苦しいスポ根は似合わないって」

「でも、部活に入ったら派閥とかに役立つよ？　一応、部活の他にサロンっていうのもあるけど」

「派閥？」

途中に聞こえた言葉《ワード》に、アデルは首を傾《かし》げる。

「んーっとねー、派閥っていうのはそのまんまの意味だよ？　有名なお貴族さんのチームに入れてもらって仲間にしてもらう感じ！」

「何やら、社交界の縮図のようなものですね」

「実際間違ってないかなー？　学園で築いた派閥がそのまま大人になっても引き継がれるみたいだし。生徒のうちから仲間を増やしておこうぜ、大人になったら縁が作れるから！ってイメージで合ってると思う」

貴族社会は一枚岩ではない。

　多くの勢力や思惑が入り乱れ、一人で生きていくには中々難しい。

そのため、大半の貴族が誰かしらの派閥に所属、もしくは己の派閥を作って仲間を増やしていく。

そうすることによって、己がピンチに陥った時に、利益を分けてもらえるなど手を取り合える。

もちろん、これはあくまで綺麗《きれい》に言った話だ。汚い部分も必ずどこかには転がっているものの、せっかくこうして貴族が集まる学園にいるのだから縁を作って損はない。

だからこそ、学園の中に『派閥』というのが存在しているのだろう。

「ミル姉さん、俺は超興味ない。どろっどろしてそうでお洋服汚れちゃうし」

「私も正直、あまり派閥というのは興味ありませんね。俺色に染めてやんよ！　というお言葉を誰かさんから待っているので、今はまだ白いお洋服を着ていたいです」

「おいコラ、こっちを見るなこっちを」

物欲しそうにアデルを見るエレシア。

それを受けて、アデルは頬を引き攣《つ》らせた。

「えー、でもアーくんには私の部活に入ってほしいー！」

「えー」

「大丈夫だよ、アーくんだったら絶対に似合うし馴染《なじ》める素晴らしい環境だから！」

「ほほう？」

ミルはアデルのことをよく知っている。

自堕落で、遊びたがりで、魔法のこともあって植物関連のものは全般的に好きで。

それらを理解しているミルが「似合うし馴染める！」のキャッチコピーを謳《うた》ったのだ。

アデルは「本当なのかも？」と、少しだけ興味をそそられる。

「ちなみに、なんの部活？」

「騎士部！」

アデルは興味をすぐにドブへ捨てた。

「却下、無理無理無理。ミル姉さんは俺のことをなんだと思ってるわけ？　無能って呼ばれてるボーイって知ってるだろうに、虐《いじ》められる弟見たい主義？」

「大丈夫、いける！」

「ハッハッハー！　根性論はいけないよ、マイシスター？」

アデルの背中に冷や汗が伝う。

脳裏に、この前の窃盗犯を捕まえた時のことが浮かび上がってしまった。

「あら、そうなのですか？」

「うふふ、違うんだよエレシアくん。これはミル姉さんの――」

「うんっ！　私が任務に出掛けてる時に『黒騎士』の恰好《かっこう》をしたアーくんがいてねー！」

「おっと、ミル姉さん病院に行こう！　頭の中身を診てもらったあとにお口にチャックをつけてもらわないと！」

やんややんや。アデルの手遅れ感満載の言い訳と楽しそうなやり取りが校舎と寮を繋《つな》ぐ敷地《しきち》に響き渡る。

そして、ついに――

「もーっ！　そこまで駄々をこねても、私の部活に見学しに行くよ！　お姉ちゃん権限で文句は言わせません！」

「待って、そこに関しては一切話題が挙がってなかったはずなんだが⁉」

「あの、ミル様……これからご主人様は私と一緒に膝枕を――」

「部活に行けば、アーくんのかっこいい姿が見られます」

「行きましょう、ご主人様っ！」

「何故《なぜ》手のひらを返したそこで⁉」

アデルは抗議するものの、両腕をエレシアとミルに掴《つか》まれて引き摺《ず》られていく。

途中「いーやーだー！　離せー！」という子供らしい駄々が聞こえたものの、その声はやがて訓練場の方へと消えていってしまった。

そして――

「おいっ、恥さらし！　お前に決闘を申し込む！」

「えぇー……」

◆◆◆

決闘とは、王立カーボン学園に作られた珍しい規則《ルール》だ。

その規則《ルール》は実力主義の学園らしいものであり、『勝った者が敗者の順位に変動する』というものである。

内容は双方の合意の下に定められ、第三者の立ち会いでいつでも行うことが可能。

ただし、敗者は一ヶ月の決闘禁止となるために「下がったから新しい人へ！」というのがすぐにはできなくなっている。

逆に言えば、勝者であれば何度でも決闘を挑むことができ――

「なぁ、やっぱりおかしいよこの学園。虐め推奨とか、保護者からバッシングが来るぞ?」

「それだけ才能ある若者を育てようとしているのでしょう。勝った者は何度も決闘ができますし、学園側はノーコストで経験値を溜《た》めさせられますのでお得ですよ、お得♪」

「……自己中集団《エゴイスト》め。誰もがサンドバッグを望むMっ子だと思うなよッッッ!!!」

なんて愚痴っているが、今置かれている状況は変わらない。

目の前には、朝方突っかかってきた公爵家のご子息であるライガの姿。剣の切っ先をこちらに向け、何やら決闘がしたいと言い始めている。

「そもそも、なんでこんなことになってるんだっけ?」

「騎士部へ案内され訓練場へ、騎士部を見学に来ていたライガ様がご主人様を発見、からの『お前みたいな恥さらしが一位なんてあり得ない!』発言——そしたらこのようなことに」

「改めて思うけど、巻き込まれ事故が酷すぎるな。パワハラで訴えてやろうか?」

アデルは知らないが、騎士部はこの学園で一番規模の大きい部活だ。

将来騎士になろうとする者、剣術を学びたい者がこぞって集まり、百人ほどの規模となっている。

もちろん、それだけ多い人数であれば多くの縁が得られるという下心はあるだろうが、皆実力主義の学園に染まった向上心がある者ばかりだ。

おかげで、少し騒ぎが起きただけで好奇心を孕《はら》んだ視線がたくさん集められる。

「み、見ていてくださいミル嬢っ！　わたし……ライガが、この恥さらしの化けの皮を剝いでやります！」

「うん、さいてー」

アスティア侯爵家に憧れがあるライガがそう口にするものの、弟を馬鹿にされたミルは侮蔑しきった瞳を向ける。

しかし、憧れとは盲目になるのか、ライガは息巻いた様子でアデルに切っ先を向け続けた。

「あいつはさ、簡単に決闘挑んでくるけど……朝方俺にやられたの覚えてないの？　ってか、俺にメリットないよな？　あいつが負けても何もないわけだし」

「そうですね、敗者は決闘禁止期間が設けられるだけで勝者に与えられるものはありませんね」

「何そのありがた迷惑……って、ハッ！　いや、俺がこれで負ければいいだけなのでは⁉」

決闘で負けた場合、禁止期間が設けられる。

もしアデルが負ければ決闘は一ヶ月できなくなり、しばらく挑まれることもなくなる。

加えて、こんなに人の目がある状態で負ければ「あれ？　やっぱり無能？」「『黒騎士』の話はやはりデマだったようだ」などと思われるに違いない。

我ながらナイスアイデア。アデルは思わず鼻を膨らませてしまう。

「それはオススメしねぇですよ、アデルさん」

しかし、そんな鼻も後ろから声を掛けられたことによって元に戻る。

振り返ると、そこには肩口で切り揃《そろ》えた茶色い髪の少女と……その後ろに隠れる第二王女であるルナの姿があった。

「えーっと……君は？」

「セレナって言います。後ろにいる姫さんは……って、知名度的に自己紹介はいらねぇですね。無粋だとは思いやがりますが、見学の最中に何やら変なことをしようとしているのを見かけたのでお声掛けさせてもらいました」

はて、変なこと？　アデルはセレナの言葉に首を傾げる。

「……その反応だと知らねぇようですね。あの男、二十二位で下のクラスですよ？」

「へ？」

「つまり、負けりゃアデルさんは退学でいやがります」

「なん、だと……ッ⁉」

アデルはその場で膝から崩れ落ちる。

最悪だ、せっかく浮かんだ妙案も退学への片道切符でしかなかったなんて。

結局、アデルはこんな公衆の面前でライガを倒さなければならない……悲しいことに。

周囲から「やっぱり強かったんだな」「恥さらしにまさかこんな実力があっただなんて」と思われる可能性が出てきても、勝たなければならない。

このまま「やってられるか！」と逃げることも考えたが、どうせ明日ぐらいに「どうして逃げたんだ決闘しろ！」などと言われそう。いずれやらなければならないのには変わりなかった。

「なんて……なんて現実は俺に対して非情なんだッッッ！！！」

世界はどこまでいってもアデルに厳しかった。

「ね、ねぇ……セレナも一緒に戦ってあげたら？　『黒騎士』様、困ってるみたいだし。それか代わってあげるとか！」

「いや、乱入戦っていう制度もありますし、別に私は構わねぇですが……それより適任が私の横にいやがりますよ？」

「ふふっ、私はご主人様の雄姿《かっこいいすがた》が見られるのであれば心を鬼にするタイプですので」

「うわぁー、綺麗《きれい》な顔して鬼っすね、順位二位《ナンバーツー》さんは」

「いえいえ、順位三位《ナンバースリー》と王女様に気遣っていただけただけでご主人様も喜んでおられると思いますよ」

ヒソヒソと、アデルの後ろで美少女三人が話し合う。

残念ながら非情な世界を呪っていたアデルの耳には届かなかった。

『今年の新入生は生きがいいなぁ。入学初日から決闘かよ』

『っていうか、あれが部長と副部長の弟だろ？　大丈夫なのか？』

『そうよねぇ……確か、アスティア侯爵家の中で珍しい無能なんでしょ？』

『だが、入試成績は一位だという話で――』

周囲のざわつきも徐々に大きさを増していく。

皆、一年生の決闘が気になって仕方がないようだ。

その時、地面を恨めしそうに叩《たた》くアデルに寄りそい、姉であるミルが優しく背中をさすった。

「大丈夫、アーくん？」

「姉さん……酷《ひど》いよ、何もしてないのに世界は俺を求めてくる」

「でも安心して！　立会人は私がするから！」

「安心させてほしい場所はそこじゃないんだよぉ」

「怪我《けが》させても騎士部が責任持って治すから！　だから、遠慮なくあの失礼野郎をぶっ飛ばしていいよ！」

「そこでもないよぉ……」

どうやら、逃げ道は完全に塞がれてしまっているようで。

アデルは本気で世界を呪いながら、吹っ切れたように勢いよく立ち上がった。

「あー、もうっ！　分かったよやればいいんだろやれば！」

その代わり、と。

アデルは地面から黒い蔦《つた》を伸ばしてそのまま剣を形成すると、手に取って同じようにライガへと向けた。

「自堕落ライフを妨害しやがって、マジで容赦しねぇ……泣いてお母さんのお腹《なか》の中に帰りたくなるほどボコボコにしてやるクソ雑魚《ざこ》がッッッ！！！」

あぁ、完全に頭に血が上っているやつです。

手に握られているのは、己が『黒騎士』になるための漆黒の剣。

後ろで見ていたエレシアは、『黒騎士』の象徴たる魔法を使ってしまうアデルを見て苦笑いを浮かべるのであった。


周囲の生徒は目撃する。

噂《うわさ》程度でしか耳にしていない、英雄《ヒーロー》の一端を。

助けられた者にしか分からない、『黒騎士』たる由来を。

それは、木と蔦で構成された漆黒の剣でもって、理解させられる——

(なんだ?)

ライガの頭に疑問が過《よ》ぎる。

何故《なぜ》、唐突に何もない場所から剣が生まれたのか？　いや、そもそも剣の形をしているだけであれは剣なのか？

禍々《まがまが》しいほどに黒く、それが握られた瞬間に恥さらしと馬鹿にしていた少年の雰囲気が一変する。

そして、その雰囲気を纏《まと》った少年は何故か作り出した剣を横薙《な》ぎに振るい始めた。

(待て、四メートルはあるぞ……?)

普通に振るっても、剣の長さ的に届かない。

そもそも、自分とアデルの間は剣の長さの三倍以上があり、振ったところでただただ宙を切るだけ。

一瞬疑問に思ったが、ライガは「やはり何もできない無能だ」と口元を緩める。

しかし――

「油断慢心。てめぇ、そんなんでアスティア侯爵家に喧嘩《けんか》を売ったのか？」

その剣が一気に己の懐《ふところ》まで伸びる。

「がッ⁉」

咄嗟《とっさ》に庇《かば》った胴体へ重すぎる一撃が加わる。

体は吹き飛ばされ、ライガは何度も視界の上下が変わるほど地面をバウンドしていく。

（な、なんで……剣が伸びた⁉）

ライガは気づいていない。

あれが『森の王』によって形成された魔法であることを。

クロイガ、という植物がある。

どんな突風や衝撃を受けても倒れないよう根だけでなく、幹や枝といった細部まで頑丈ずもがな。

に進化した漆黒の木。

その強度は世界一を誇り、大砲に撃たれても傷一つ付かないという。

クロイガは、アデルが『黒騎士』として握っている剣にも使用されており、強度は言わずもがな。

突発的に生成した植物を成長させ、剣身を伸ばす。初見では間違いなく油断を誘い不意を突ける技だ。

だからこそ、疑問が疑問として残ったまま現状把握を阻害していく。

とはいえ、アデルはそんな疑問を解消させるための時間を与えるほど優しくはない。

「まさか、これで終わりとでも？」

駆け出し、いつの間にか追いついていたアデルの蹴りがライガの鳩尾《みぞおち》へ突き刺さる。

「ばッ⁉」

「甘《あめ》ぇよ、三下。喧嘩売ってきたんなら、少しぐらいは期待させろボケ」

ライガの体が進行方向を変え、もう一度地面を転がっていく。

だが、その道中――何故か、背中に柔らかい感触が。

壁にぶつかったか？　なんてまたしても疑問に思ったが、訓練場の壁までは距離がある。

そして、それが植物で作られた壁だということをあとで気づく。

とはいえ、気づいたところで時すでに遅し。

（蔦が、絡《から》まって⁉）

体に蔦が伸び、両手足を拘束し始める。

気づいた頃にはしっかりとホールドされており、斬ろうとしても手首がまったく動かせなかった。

そこへ——

「残念賞だな。これじゃあ、ミル姉さん達の足元に届くどころか騎士として取り立てられてもすぐに死ぬぜ？」

——アデルの飛び膝蹴りが容赦なく顔面へと叩き込まれた。

「あ、ガ……ッ」

「これにて閉幕《エンドロール》。次からはちょっかいかけてくんなよ？」

直撃したライガの首がたらりと垂れる。

息はもちろんしている。それぐらいは手加減したから。

それでも気絶したことは間違いなく、アデルは鼻を鳴らしてゆっくりとエレシア達の下へ帰っていった。

『『『『…………………』』』』

ただの好奇心で、観戦のつもりだった。

しかし、周囲で見ていた生徒達は皆同じように――異端児《ヒーロー》の一端を目《ま》の当たりにして、思わず呆然《ぼうぜん》と固まってしまったのであった。

◆◆◆

ミル・アスティアは震えていた。

（す、っごい……）

己もアスティア侯爵家の人間として才能に溢《あふ》れ、それなりに活躍してきたつもりだ。学生の身でありながら王家の騎士団に加入し、多くの任務をこなすことで実力を証明してきた。

故に、プライドも自信も学《まな》び舎《や》という箱庭の中では誰よりも持っているつもりであった。

ただ、今目の前に広がった戦闘は――敵《かな》わないと、自然とそう思わせるもの。

（アーくん……やば、超さいこー）

間違いなく、アデルの実力はアスティア侯爵家の兄妹《きょうだい》の中でも随一だ。

戦闘に愛されたような鬼神と見紛《みまが》うほどの才能。そして、それらを無駄にすることのない技術《スキル》。

騎士家系に相応しい近接戦闘テクニック。騎士家系でありながらも魔法家系の人間と遜色がないほどの魔法行使能力。

大陸全土を捜しても数少ない魔法騎士。

あんなに今まで才能がないって感じだったのに。可哀想《かわいそう》だなーって思っていたのに。

もしかすると、本気で戦えば騎士団長である父親にも勝てるのでは？　なんてことを思ってしまう。

（こ、こりゃ……お父さんに報告しないと！）

ミルは内心で決意する――――こんな才能、野放しにするわけにはいかないと。

ただ――――

（アーくん、普通に滅多に見ない魔法使ってたけど……頭に血が上ってたのかな？　隠そうとしてたのに、これだとめっちゃバレると思うけど）

そんなところも可愛《かわい》らしい。

ある意味ブラコンな姉は上機嫌な笑みを浮かべるのであった。

◆◆◆

(きゃー！　やっぱり『黒騎士』様さいこー！！！)

ルナ・カーボンは目の前の光景に唖然《あぜん》ではなく、一人だけ歓喜していた。

周囲が呆然としている中、ルナだけは瞳をハートにさせる。

(もうほんっっっっとかっこよすぎ！　恥さらしなんて言われてるけど、もうもうもうもうっ！　関係なさすぎ！！！)

王国の第二王女であるルナ・カーボンは『黒騎士』の大ファンだ。

どこぞの記者に「正体を知る」というある意味大目標を先に越されてしまったが……その正体が由緒《ゆいしょ》正しきアスティア侯爵家の恥さらしだと知ってなお、それでも気持ちは変わることがなかった。

あの日、あの時。

彼に助けられた瞬間から、ルナはずっと『黒騎士』であるアデルを慕っていた。

だからこそ、その一端を目の当たりにして興奮せずにはいられなかった。

「姫さん、姫さん。だらしねぇ目になってやがりますよ」

ペシペシと、横からセレナに叩《たた》かれる。

それを受けて、ルナはようやく現実へと戻ってきた。

「あ、うん……ごめんちゃい」

「はぁ……まったく、大ファンなのは分かってますが、ここは公衆の面前でいやがりますよ。少しは乙女らしく慎みぐれぇ持ってください」

「うぅ……護衛の当たりが強い」

しょんぼりと、ルナは可愛らしく肩を落とす。

しかし、現実に戻ってこられたからこそ改めて思い始めた。

（やっぱり、味方になってほしいなぁ……）

じゃないと、と。ルナは瞳に少しだけ悲しそうな色を浮かべた。

◆◆◆

「あーっ、ちかれたー！」

騎士部で吹っ掛けられた決闘が終わり、皆が呆然としている間に「アーくん凄《すご》いよっ！これはもう騎士部に入るしかないよ！」という無駄に愛に溢れる勧誘から無事逃げたアデルは、部屋に戻るなりぐったりとソファーへともたれかかった。

「ご主人様、制服が皺《しわ》になってしまいますよ？」

遅れて部屋に入ってきたエレシアが「もうっ」と腰に手を当てる。

少しばかり膨らんでいる頬がなんとも可愛らしかった。

「えー、めんどいめんどい。今日は自堕落ボーイにしては頑張った日なんだ。これぐらい海よりも広い寛大な心で見逃してくれぃー」

「まぁ、確かにご主人様は頑張られましたが……」

入学早々に屋上でサボってはいたが、説教を受けて謎に吹っ掛けられた決闘も受けた。

普段遊んでばかりの姿を知っているので、頑張っていると言えば今までよりは頑張っている。

だからこそ、エレシアはあまり強く発言することができなかった。

その代わりに――

「分かりました、頑張ったご主人様にこれ以上労働を強《し》いるのはよくありませんね」

「着替えが労働の枠組みに入るって珍し……おいコラ待て。何故《なぜ》俺のズボンに手をかける？」

「妥協して私が脱がして差し上げようかと」

「君は本当に今を生きるレディーなのか⁉」

妥協案が中々積極的であった。

「分かった、脱ぐよ俺着替えるよ！　流石《さすが》にこの歳《とし》でそういう事態以外でナニを女の子にお披露目なんてしたくねぇ！」

「そう、ですか……」

「何故シュンとなる今を生きるレディーさんッッッ！！！」

露骨に落ち込んだ姿を見せるエレシア。

その姿に「そんなに見たいのか？」と恐怖を抱くものの、取り急ぎ寝室へ向かって部屋着へと着替える。

そして、しばらくしてリビングへ顔を出すと、エレシアは気持ちを切り替えてキッチンで何やら料理をし始めていた。

「あれ？　学食行かねぇの？」

「ご主人様は、私の手料理はお嫌いですか？」

「え、めっちゃ好き」

「ふふっ、そう言っていただけるので作っているんですよ」

エレシアは制服の上からエプロンを身に着け、上機嫌で鼻歌を歌い始める。

後姿はまるで結婚したばかりの奥さんのよう。アデルはリビングに置かれてある椅子に座り「可愛いなぁ」と思いながらその姿を眺めた。

「そういえばご主人様」

「ん？」

「訓練場を離れる際、ルナ様とお話ししていらっしゃいましたが……何をお話しされたのですか？」

ミルから逃げるように騎士部から出る際、アデルはルナに話しかけられた。

アデルとしてはお偉いさんに関わって目をつけられたくないためスルーしたかったが、相手が相手。

だから仕方なく話に応じたのが、その際――

「あー、なんか今度自分でサロンを作るからできたら顔を出してほしいってさ」

「サロン……と言いますと、部活のような集まりのことなのでしょうか？」

「話を聞く限りそんなもんだな。ただ部活みたいに汗水流して目標に向かって走り出すスポ根じゃなくて、仲良しこよしの話の場を設けるって感じかな」

サロンは部活とは違って、これといった目的はない。

用意された空間に招待された者が各々《おのおの》好きなことをして過ごすという場所。貴族のご令嬢が集まりやすく、お茶会やらが開かれたりすることが多い。

もちろん、ご令嬢限定になるかどうかはサロンのリーダーが決めること。部活とは違って、サロンは完全に招待制なのだ。

「つまり、ミル様が仰《おっしゃ》っていた派閥の仲間集めの場所ってことですね」

「あとは単純に自分の派閥の関係を強めるためだろ。若い内からどろっどろの貴族社会を演出しなくてもいいのになぁ」

「皆さん、私達とは違って貴族意識が高い方ばかりですからね」

「うーむ……一人じゃ生きていけない寂しがり屋ばかりだなぁ」

「私もですよ、ご主人様限定の寂しがり屋さんではありますが。ところで……結局、参加されるのですか？」

「え、しないお偉いさんフェードアウトしたい」

「ふふっ、そう仰ると思いました」

エレシアがお淑《しと》やかな笑みを浮かべながらアデルの下へ近づく。

この短時間で作ったのか不思議になるスープやカットステーキがお盆と一緒に運ばれてきた。

「すげぇな……マジック？」

「朝方早く起きて準備をしておいただけですよ。種も仕掛けもなくて残念でしたか？」

「いいや、エレシアの勤勉さに舌を巻いてるぐらい褒めてる」

美味《うま》そー、と。アデルはマジマジとテーブルに並んだ食事を見る。

その間にエレシアが自分の分とフォークやナイフを持って来て、アデルの横へ腰を下ろした。

すると――

「ご主人様、あーんです♪」

エレシアが可愛らしい笑みを見せながら、アデルへステーキをさしたフォークを向けた。

それを、アデルはなんの抵抗もなく素直に口に入れる。

「うむ……うまし」

「ふふっ、そう言っていただけて嬉《うれ》しいです♪　もう一ついかがですか？」

「あーん……エレシアは絶対にいいお嫁さんになるよなぁ」

貴族の大半の食事は料理人が作る。

そのため、滅多に自分で作ることはないのだが、エレシアはメイドとしてアスティア侯爵家にいるので一通り料理ができるように学んでいる。

それに――

「ご主人様は奥さんに料理を作ってほしいのでしょう？」

「やっぱりなぁ、そういう家庭の方が温かそうだし。幸せ者って感じがして俺はそっちがいい」

「私も、そちらの方が好きですよ♪」

——これも花嫁修業。

好きな男の子の望みがそこにあるのなら、たとえ貴族としては考えられないことであっても女の子は頑張れる生き物なのだ。


入学してから二週間が経《た》った。

時間が経つのは早いもので、もうすっかり学園の空気に慣れてしまった気がする。

授業をサボって懺悔《ざんげ》室に連れていかれたり、姉に執拗《しつよう》な部活動勧誘をされたり、エレシアの作ったご飯を食べて一緒に寝たり。

もちろん、屋敷《やしき》にいた時よりかは忙《せわ》しない日々だ。自堕落ライフからは少し遠ざかってしまったが、それでも『黒騎士』騒動が熱を帯びている状態の屋敷にいるよりかはマシ。

ただ、問題は——

『おいっ、お前に決闘を申し込む！』

「うん、今食事中だからあとでな」

ペタと、果たし状に似た何かがアデルの頭に貼り付けられる。

しかし、アデルは気にした様子もなく引き続きエレシアお手製の弁当を教室で美味《おい》しそうに頬張っていた。

「最近決闘を受けることが多くなりましたよね、ご主人様」

そんな姿を、エレシアは自分お手製の弁当を食べながら見ていた。

どうやら、エレシアはちゃんと二人分の昼食を用意してきたらしい。

「そうだな、俺の体に貼られている果たし状の数を見れば一目瞭然だな」

「人気者ですね」

「それより、好戦的な人間ばかりしかいないことを問題視してくれ」

「楽勝でしたか？」

「うん、全部素手」

「ふふっ、流石はご主人様です」

アデルが騎士部で決闘をしたことは、たちまち学園中に広まった。

何せ見たこともない魔法と剣を操る魔法騎士の圧倒的な戦闘。それを行ったのがあのアスティア侯爵家の恥さらしときたのだから話題にならないわけがない。

おかげで「強い人間と戦ってみたい」という向上心のある者と「恥さらしが一位なんてあり得ない」と思っている生徒達からアデルは狙われ放題の状態に陥ってしまっていた。

「俺と戦《や》っても勝てないって分かってるだろうに。あれか？　ここにいる生徒のほとんどは決闘の勝敗がくじ引きで決まると勘違いしているお花畑ばかりなのか？」

「社交界の箔《はく》がどうしてもほしいチャレンジ精神旺盛な人ばかりなのですよ。それと、見下していた男が自分より上にいることを許せない子供」

「駄々をこねるなら自分のお母さんにしてくれよ……俺に母性を求めるんじゃない」

「私も決闘お願いしても？」

「やめてくれ、下剋上《げこくじょう》なんて必要ない順位だろうが」

それもそうですね、と。エレシアは美味しそうに弁当を頬張る。

「っていうか、俺だけの話じゃねぇだろ。エレシアだって、結構決闘を受けてるんじゃないか？」

「まぁ、そうですね。結果は変わらない順位で察していただければ」

決闘をしているのは何もアデルだけではない。

順位二位《ナンバーツー》であるエレシアも同様に多くの決闘を挑まれていた。

何せ、二十位まではSクラス。一学年の中でトップクラスなのだ。

そこに入ろうと考えている生徒はたくさんいて、アデルほどではないがエレシアもちゃんと勝負を挑まれていた。

「そもそもさ、女の子に嬉々《きき》として剣や魔法を向けようって発想はどうなのよ？　エレシアも一応伯爵家のご令嬢さんだろ？　しつこいストーカー扱いされていいことなんてないと思うんだがなぁ」

「まぁ、この学園がそういう場所と知っていますのでなんとも思いませんが、アプローチという話なら少し嫌ですね」

「アプローチ？」

「要するに『俺は強いぜかっこいいだろ⁉』ということですよ、ご主人様。婚約が決まっていない貴族の方も多いですし、学園は自分をアピールする絶好の機会なのです」

「ふぅーん……」

エレシアは容姿が整っている。

加えて家柄も文句がつけられないため、婚約者がいない男連中からしてみれば優良物件も優良物件だ。

頑張ってアピールして好きになってもらおうと考える人がいてもおかしくはない。

「ってことは、あの第二王女様も大変なんだろうなぁ」

アデルは思わず教室の中を見渡す。

そこにはルナや傍《そば》に居るセレナの姿はなかったが、何故《なぜ》か気の毒そうな目を浮かべた。

「大変だと思いますよ……王族との婚約。色々縛りはあるでしょうが、成立できれば玉の輿《こし》もいいところですし」

そう、アピール云々《うんぬん》の色恋話が挙がるのであれば一番の優良物件はルナだ。

第二王女であり、加えて成績もトップクラスの上位枠に入れるほど。

容姿端麗成績優秀。男からしてみれば、エレシア以上に魅力的に映るだろう。

「噂《うわさ》によれば、去年のユリウス様の時も凄《すご》かったみたいですね」

「ユリウス様っていったら第三王子の？」

「はい、去年この学園に入学されたみたいなのですが、その時も女性陣からの決闘があとを絶たなかったそうです」

「うげぇ……バイオレンスなハーレムだこと」

脳裏に思わず狙われる構図を思い浮かべてしまって苦笑いになるアデル。

内心で「ご愁傷様」と他人事《ひとごと》ではあるが、会ったこともない王子が気の毒になり両手を合わせた。

「まぁ、第三王子は性格が性格ですので同情する気が湧きませんが」

はて、どういうことだろうか？　と。アデルはエレシアの一言に首を傾《かし》げる。

「話は戻しますが、ルナ様に至ってはご自身でサロンも作られるみたいですし、そこへ決闘を挑まれてと大忙しでしょう」

「実力主義の学園の弊害だな、可哀想《かわいそう》に。物騒なピンク色の学園生活を送る羽目になるとは思わなかっただろ」

まぁ、俺には関係ないけど、と。

アデルは引き続きエレシアの作った弁当を頬張る。

その時――

「ア、アデルくんはいるっ⁉」

ガララララッ、と。教室の扉が勢いよく開いた。

そこから姿を見せたのは噂していたルナで、教室を見渡しアデルの姿を見つけると急いで駆け寄ってくる。

「あのっ、その……一緒に来てくれない⁉」

「えーっと……なんでです？」

突然の呼び出しに、アデルは首を傾げる。

すると、ルナは申し訳なさそうな顔を見せて頭を下げたのであった。

「お、お願いっ！　今から訓練場に来てくれない⁉　ちょっと助けてほしいの！」

◆◆◆

いきなり言われた「助けて」の言葉。

唐突だったことから、もちろんアデルの頭には疑問符が浮かび上がった。

だが、「助けて」と言われて英雄《ヒーロー》が何も思わないわけがない。

故に、アデルはルナに案内されるがまま教室を出ることになった。

エレシアはまだ昼食中だったこともあり教室へと残している。

「それで、どんな状況なんですか？　押し掛けてくるからよっぽどのことなんでしょうけど……」

どこに向かうか分からぬまま校舎の外に続くテラスを歩く。そこで、アデルは横にいるルナに尋ねた。

「……ごめんなさい、結構面倒なこと」

「マジっすか」

「マジっす……」

早歩きで進むルナの顔に申し訳なさそうな色が浮かぶ。

それを見て、アデルは居心地が悪そうに頭を掻《か》いた。

（本当はお偉いさんと関わるつもりはなかったんだが……）

アデルが『黒騎士』だという話は知っている人は知っている。

疑っている人も多いが、もしこの学園内で確信を持たれてしまった場合、学園を卒業してからが怖くなる。

せっかくのんびりと過ごしたかったのに、目をつけられて派閥に勧誘でもされたらいよいよ面倒だ。

それ故に、アデルは正直ルナとはあまり関わりを持ちたくはなかった。

加えて、ルナは出会い頭にファンだと告白している。

もうある程度確信があるのだと見て間違いないだろう。

しかし——

（助けてって言われたらなぁ）

どうにも見過ごすことができない。

これはアデルのある意味矛盾した優しい性格だからだろう。

（それに、この子……もしかして前に助けた子か？）

いつぞや、何者かに襲われていた女の子を助けたことがある。

その時に見た女の子と今横にいる女の子が似ているような気がした。

もしもその通りだったとしたら、初めに声をかけられたことも納得ができる。ファン云々は置いておいて。

「私、サロンを作るって話をしたじゃん？」

少し前のことを思い出していると、ルナが口を開く。

「アデルくんも何となく察してると思うけど……味方集めのために作ろうとしたんだよね」

「派閥、ってやつですよね？」

「そう、派閥。私はどうしても味方がほしかったから……」

ピタリと、早歩きをしていたルナの足が止まった。

何故？　と、アデルの足まで止まってしまう。

しかし、ルナはアデルの疑問とは裏腹に大きく深呼吸を一つした。

まるで、何か心の準備でもしているかのように。

そして――

「『黒騎士』様……ううん、アデルくん。私の仲間になってくれませんか？」

——そんなことを、言い始めたのであった。

「…………」

即答はしない。とはいえ、本当であればアデルは首を横に振りたかったし、思い切り「俺は『黒騎士』じゃない！」と言ってしまいたかった。

何せ、ドロドロした貴族社会の派閥に入りたくなどないから。面倒事に巻き込まれる可能性があるし、損得で顔色を窺《うかが》う世界がそもそも肌に合わないから。

だが、即答するにはあまりにもストレート。

普通は何か信頼関係を築くためのイベントを挟んで勧誘するはず。そうしないと断られる可能性があるが故に。

「……本当はこんな形で言うつもりはなかったんだけどなぁ」

しかし、ルナはストレートに何も挟まず言ってきた。

それも、『黒騎士』というワードを出してまで正直に、真剣な顔で。

だからこそ「違うんだ」と、否定的な嘘《うそ》ですらつけなかった。

「……今、何が起こってるんですか？」

アデルは怪訝《けげん》そうに少し主軸を変えた質問をする。

「一個上に、私のお兄ちゃんがいるの」

「そういえばエレシアが言ってましたね」

「そのお兄ちゃんが、サロンの設立を邪魔してて……」

サロンが作れなければ、仲間集めはできない。

正確に言うとできないことはないのだろうが、サロンを作った方が早く効率的に集められて、結びつきも確固たるものとなる。

とはいえ、それがどうして己と関係があるのか？　なんて不思議に思ってしまう。

「それで、今……サロンの設立を賭けてセレナが戦ってて」

ルナは再び足を進める。

護衛の女の子のことを思い出したからだろうか？　先程のスピードよりもさらに速く、もはや走っていると言っても過言ではなかった。

それに続くように、アデルもまた走り始める。

「なんで、お兄さんがサロンの邪魔を？　別に仲間集めぐらい許してくれそうなものですが」

「……話せば長くなる。それに――」

言いかけた途端、ルナは申し訳なさそうにアデルを見た。

その瞳には、何故か薄《う》っすらと涙が浮かんでいる。

「……ううん、ごめん。やっぱり引き返していいよ。多分、ここから先は絶対に面倒なことしかないから」

アデルにはルナの心情は分からない。

ここまで連れてきておいて引き返せなど、どういうつもりなのだろうか？　距離が近づくにつれて申し訳なさが勝ったとか？　それとも、自分じゃ頼りないから？

改めてルナの表情を見る……その罪悪感で滲《にじ》んだ表情は、恐らく前者だろう。

「………………」

この時、自分はどうするべきだろうか？

間違いなく、この件に関われば第二王女との関係が強くなるし、他の王族とも関わることになる。

ひっそりと目立たず堕落した三年間を送るのであれば、間違いなく引き返した方がいい。

「………………」

アデルは走りながら少し考え込む。

そして、ゆっくりと口を開いた。

「俺は――」

◆◆◆

第二王女の護衛であるセレナは訓練場にいた。

昼休憩にもかかわらずお弁当を広げるには場違いなところにいるのは、単純に剣を握っているからだろう。

そして、正面には――

「セレナくん、諦めた方がいいんじゃないか？」

少し離れた観客席からは、そんな声が聞こえてくる。

チラチラと見える観客に回っている生徒の中。そこに、何度も見かけたことのある第三王子の姿があった。

「諦め、ねぇですよ……ッ！」

「うーん……なんでそんなに必死になるかな？　仲間集めに必死なのは、もしかしてこの前襲われたことに何か関係があるのかい？」

「～～～ッッッ！！！」

「ははっ！　そんなに僕を睨《にら》むのはいいけど、君の相手は僕じゃないよ？」

その言葉の瞬間、セレナの目の前に振り下ろされようとしている剣が映った。

セレナは咄嗟《とっさ》に剣を掲げるが、剣は振り下ろされることなく代わりに空いた胴体へ蹴りが突き刺さる。

「ばッ⁉」

「悪いな、嬢ちゃん。こっちも命令なんだ」

セレナの小柄な体が地面を転がる。

それを見て、観客席にいた第三王子――ユリウスが愉快そうな笑いを見せた。

「あははは！　君が相手にしているのは僕の護衛で、二学年の順位二位《ナンバーツー》だよ⁉　いくら君が強くても勝てるわけないって！」

だから諦めようよ、と。

ユリウスだけでなく一緒に見ていた何人かの生徒も同じように嘲笑を含んだ声を上げた。

（こん、の……ゲス野郎！）

セレナはルナのことを慕っている。

気兼ねない友人でもありながら、守ってあげたくなるような優しい性格の持ち主。

そして、そのためだったらいくらでも剣を握るし、努力もしてきたつもりだった。

だが、目の前の相手は――己よりも強い。

（一つ上ってだけでも経験《キャリア》に差があるっていうのに、私よりも順位が上でいやがります！）

セレナは何度も咳《せ》き込みながら、ゆっくりと起き上がる。

今まで何度も殴られ、負った切り傷と打撲が足を震わせて、思うように体を動かしてくれない。

それでも……己よりも強いと分かっていても、この勝負だけは勝たなくてはならなかった。

何せ――

（姫さんにはもっと仲間がいねぇと……継承権争いで生き残れねぇです）

あいつに殺されるから、と。セレナはもう一度観客席にいるユリウスを睨む。

そして、思いっ切り気合いを入れるようにして叫んだ。

「さぁ、来やがれですッ！　姫さんに道を開けろッッッ！！！」

すると、何故《なぜ》か空が一瞬にして暗く影に覆われた。

「……ぁ？」

突然の事態に、ユリウスの口から変な声が漏れてしまう。

ユリウスだけではない、一緒に客席にいた生徒も、剣を握っていたセレナ達でさえ固まり、反射的に頭上を見上げた。

先程まで青く澄み渡った空に、眩《まぶ》しいほどの明るい陽射《ひざ》し。

それが細く伸びた木々の集合体によって、全てが遮られているのだと気づいたのは少しあとであった。

だがしかし、それよりも先に頭上から――

「乱入戦だクソ野郎。女を泣かせる雑魚《ざこ》への躾《しつけ》の時間だ」

――漆黒の剣を携えた少年が、訓練場へと姿を現した。

◆◆◆

乱入戦とは、学園の規則に則《のっと》って行われた決闘に第三者が参入することである。

本来の決闘は一対一。上位者が敗北すれば低い方の順位へ移動するのだが、乱入戦の場合は第三者の勝利時点で順位の変動が行われなくなる。

何故このようなルールがあるのかというと――戦場に一対一などほとんどないから。

そのため、この決闘に異議を申し立てたい場合にのみ、立会人の許可なく乱入することができる――

「お前は誰だ？」

「アデルさん……」

いきなり頭上から降ってきた少年。

それを見て、剣を握っていたユリウスの護衛――カインとセレナの視線が集まる。

しかし、二人の疑問を無視してアデルはカインへ横薙《な》ぎに大剣を振るった。

「ぬっ⁉」

咄嗟に剣で受け止めたカインの体が後退する。

巨大な魔獣の体をも吹き飛ばせるほどのパワーなのだが、それでも持ちこたえられたのは訓練の賜物《たまもの》か？　それとも鍛え上げられた肉体故か？

「ふむ……突然乱入戦とは、どういうつもりだい？」

観客席にいたユリウスがアデルへ鋭い視線を向ける。

「本来、乱入戦は滅多に行われない。何せ、挑まれた者以上に乱入者にメリットがないからだ」

乱入戦のメリットは決闘を阻害できることだが、それ以上のメリットはない。

両者に勝ったとしても順位が上がることはないし、逆にどちらかに負けてしまえば乱入者の順位は下がってしまう。

他学年でも敗北すれば順位が下がり、同学年内で順位の調整が入る。

とはいえ、カインは二学年の順位二位《ナンバーツー》、セレナは順位三位《ナンバースリー》。

確かに、Sクラス降格ということはない……が、関わる理由も一切ない。

「それを踏まえて、君はどうしてここに？　アスティア侯爵家の恥さらしくん？」

アデルのことを知っていたユリウスは返答を待つ。

すると、アデルは少し嘲笑気味に——

「シャラップ」

「は？」

「メリットなんか知るかよ。助けてって言われたら、それだけで男は拳を握るもんだろうが」

そう、アデルにメリットはない。

だからどうした？　メリットなど考えていたら、今まで『黒騎士』として誰かを助けてきてなどいない。

結局は、アデルの自己満足。

ルナという女の子を見捨てられないが故の……我儘《わがまま》である。

「アデルさん……姫さんは——」

「今頃こっちに来てる。だから交代だ」

セレナを庇《かば》うように、アデルはカインに向かって立ち塞がる。

そして、大きすぎる植物の剣をそのまま地面へと突き刺した。

「飛び入り参加歓迎なんだろ、この学園は？　文句はねぇよなぁ？」

その背中は大きく、頼もしく……どこか温かかった。

まるで、英雄《ヒーロー》が己のピンチに駆け付けてくれたかのよう。

(姫さんは……)

この背中に惚《ほ》れたんでしょうか？　と、セレナは思わずホッとしてしまった。

一方で、アデルと同じぐらいの大剣を持つカインもまた、唐突に口元を緩める。

「構いやしない。それがこの学園だからな」

「随分余裕じゃないか？　年下だからって侮《あなど》ってんのか？」

「いいや、そのポジションが羨ましいと思っただけだ、深い意味も負けてやる理由もないがな」

カインが唐突に地を駆けた。

屈強な体に見合わないほどの速さ。一瞬にしてアデルとカインとの間合いが詰まる。

その瞬間、両者は思い切り剣を振りかぶって刀身を衝突させた。

「ほう！」

パワーには自信があった。先程もらった一撃もかなりの重さだった。

しかし、それでも。まさか己の剣が受け止められるとは。

カインの驚きに似た声が思わず口から零《こぼ》れ出てしまう。

「二流か？　この程度で驚いてちゃ、アスティア侯爵家だと落第点だぞ？」

アデルの剣が横にズラされ、少しだけ体勢が変わる。

その境目にカインの脇腹へ蹴りを叩《たた》き込もうとするが、寸前に拳で受け止められた。

今度は、もう一度振り抜かれる剣がアデルを襲う。

「その巨体でよく小回りが利《き》くもんだ」

「でないと護衛は務まらんさ」

アデルも寸前で剣を滑り込ませて受け止め、体勢を立て直してもう一度剣を振るう。

そこからは、剣の応酬だ。目で追える速さではあったが、重たすぎる鈍い音が連続して響き渡る。
恐らく、並の人間が受け止めれば一撃だけでも吹き飛ばされてしまうだろう。
見ていた者は、声も出せぬまま目の前の景色に圧倒されていた。
(こんなもんか？)
カインは不思議に思う。
こんな状況で乱入した割には、ただ応酬できる程度の実力なのか？
だがしかし、その疑問はアデルが後ろに下がった瞬間に吹き飛ばされた。
「『森の王』」
アデルがそう口にした瞬間、地面から何故か緑が出現する。
草に木、花や苔《こけ》。耳を澄ませば、小鳥の囀《さえず》りまで聞こえてきそう。
徐々に生い茂り始めた空間に、思わずカインは息を呑《の》んでしまった。
(馬鹿な⁉　剣士ではないのか⁉)
生まれた植物が支配していく空間を見て、カインは驚く。
足元から太い蔦《つた》が伸びてきたことで、カインは反射的に後退した。
だが、着地した一瞬で再び別の蔦が足をしっかりと固定していく。
「ぐっ⁉」

「この場所《もり》の王様は俺だ」

抜け出そうと思えば抜け出せる。

だが、それよりも先に――

「頭が高いんじゃねぇのか？　クソ三下」

太すぎる幹の束が、カインの体へ猛威を振るった。

木の幹が束になって押し寄せ、自然界で生まれたものがカインの体を潰しにかかる。

（化け物め……！）

咄嗟《とっさ》に大剣で受け止めていなければどうなっていたことか。

浴びるような連打が剣越しに伝わってくるが、この程度であればまだ耐えられる。

（魔法を扱えるのには驚いたが、こんな範囲の攻撃が長く続くとは思えない……ッ！）

故に、凌《しの》げば反撃のチャンスがある――

「って、思ってんのか？」

カインの足元。

そこから、見惚《みと》れるような光り輝く苔が広がった。

すると、その苔は更に眩《まばゆ》い光を見せ……爆《は》ぜる。

「ばッ⁉」

「ただ景色を広げただけだろ。この程度で終わってしまったら、演出家の名折れになっちまう」

爆風が肌を叩き、足を拘束していた蔦は燃えて解ける。

そのせいで、カインの屈強な体は上空へと舞い上がった。

「体勢を……ッ！」

「立て直そうってか？」

見上げるようにして悠々と立つ少年。

その少年は徐《おもむろ》に携えていた剣を構え始める。

これが何をしようとしているのか――――カインは反射的に理解した。

宙にいる己に剣を届かせようとしている。

普通なら「無理だ」と思ってしまうはずなのに、今までの積み重ねが何故《なぜ》かそう思わせてくれない。

故に、カインは持っていた剣を反射的に振るった。

すると、鈍い金属音と共に剣身に重たい衝撃がのしかかる。

「～～～ッ！！」

「ナイスファイト」

だが、と。
「それは及第点」
ぶつかった剣から蔦が伸び始める。
この時、カインはようやくこの剣も魔法で生み出されたのだと理解した。
咄嗟に剣の軌道を変え、伸びる蔦を斬り払っていく。
(どこまで規格外なんだ、この少年は⁉)
己より強い人間を何人も見てきた。
護衛をするにあたって指導してくれた師、王家の騎士団、同年代の天才。
しかし、それでも。
こんなに己の戦闘経験が通じない相手が、他にいただろうか？
(……いや)
いたな一人、と。
脳裏にとある少女のことが浮かび上がり、カインは口元を緩めた。
しかし、現実はまだ終わっていない。
滞空が終わり、カインの体がもう一度森の上へと降りる。
その時、アデルは剣を肩に担《かつ》ぎながら眉を顰《ひそ》めた。

「いや、すまん。少し知り合いを思い出してな」

「……何笑ってんだ？」

カインは口元を押さえ、剣を構え直す。

「これは予想以上に骨が折れそうだ」

「骨だけで済めばいいがな」

そう言って、両者は同時に地を駆けた。

ただ違うのは、アデルの背後から幾本もの幹の集合体がカイン目掛けて迫っている部分。

まるで、多勢の状況にカインが身一つで突っ込んでいるような。

——先に接触するのは、自然界の猛威。

それを、カインはガードすることなく一身で受ける。

倒れることはない。

その代わり、追いついたアデルへ巨大な剣が振るわれる。

「……流石《さすが》」

アデルは相対している男《カイン》に思わず舌を巻いた。

想像以上の耐久力《タフネス》、筋力《パワー》。

今もなお木々の殴打《おうだ》が続いているというのに、体勢を維持したまま剣を振るってくる。

一度だけではなく二度。二度から三度。

明らかなサンドバッグになっているにもかかわらず、アデルへ何度も剣を当ててきた。

(こりゃ、エレシアでも苦戦しそうだ)

だが、と。

アデルは口元を緩める。

「この程度の相手に苦戦してちゃ、酔狂に人助けなんかしてねぇよ」

剣の応酬の最中、アデルは唐突に剣から手を離した。

振るっている途中であったため、カインの剣によって漆黒の剣は訓練場の端まで吹き飛ばされる。

得物がなくなった。

だが、何故？　そんな疑問が殴打を浴びているカインを襲う。

「我は世界に命を創造せんと大地に緑を与えん《さぁさぁ、この寂しいキャンバスに新たな彩りを加えよう》」

その言葉は、誰かの魔法と似ていて。

アデルは言葉を紡《つむ》ぎ終えると、驚いた顔をするカインの胸元に向かって指を向けた。

「完成《ギフト》、『緑の騎士』」

そして——

◆◆◆

被害が及ばないよう、訓練場の入り口へ移動したセレナは開いた口が塞がらなかった。

もちろん、今まで見てきた光景も驚かされるものばかりだった。

何もないところから緑が生まれ、多くの植物を自在に操り、圧倒する。

先程までカインは、己を圧倒していたというのに。

一人の英雄《ヒーロー》が現れただけで、構図が一変してしまった。

（な、ん……あれッ？）

だが、開いた口が塞がらなかったのは、アデルの背後に生まれた騎士のせいだろう。

いや、人ではないというのは分かっている。

目を凝らせば形作っているもの全てが植物で構成されていると分かるし、そもそも肌の色が見えず、緑に黒を混ぜたかのような色をしている。

そんな存在が、唐突に現れてアデルの代わりに剣を構えていた。

違うのは、アデルよりも二倍は図体《ずうたい》も剣も大きく。

ただ剣を一振りしただけで、何度も耐えてきたはずのカインの体が訓練場の壁へと吹き飛ばされた。

カインが起き上がる様子は……ない。

(マジ、でいやがりますか……？)

結局、最後まで緑の大地に立っていたのは――

(これが、数多《あまた》の人を救ってきた『黒騎士』……！)

――二学年順位二位《ナンバーツー》ではなく、森の王様であった。


アデルはたまに、己が馬鹿ではないのか？　と思ってしまう。

ある意味短気で、ある意味世話焼き。その猪突猛進《ちょとつもうしん》なところも余計にタチが悪い。深く考えず我が強いのも問題だろう。

そして今日もまた、アデルは己のことを馬鹿だと思ってしまった――

「……さらば、俺の青春」

「なんで勝った人がさめざめと泣いていやがるんですか」

沈黙が広がる訓練場。

壁には土煙を上げて倒れるカインの姿があり、足場一帯は場違いにも程がある緑が広がっている。

そして、それを作り出した張本人であるアデルは……天を見上げて涙を流していた。

「これでもう、恥さらしの汚名が天使様に運ばれて彼方《かなた》に……」

乱入戦は間違いなくアデルの勝利で幕を下ろした。

アデルが勝ったことにより決闘は中止。二人の間にサロンの設立を賭けた約束があったらしいが、勝者がアデルのために水に流されるはず。

ただ、これは明らかに己がお偉いさんの問題に首を突っ込んだ証《あかし》。

いい意味でも悪い意味でも、王族二人に目をつけられたのは間違いないだろう。

「大丈夫……後悔するな俺！　女の子の笑顔を守れたと思えば平穏な学園生活などドブに捨ててもいいじゃないかッ！　あと、まだ全校生徒に対してごく一部にしかバレていないと考えればッ！」

「その割には血が流れそうなほど唇を噛《か》み締めていやがりますね」

「というよりまだ名声返上のチャンスがあるはず生きてさえいればいつかはッッッ！！！」

「その割には哀愁漂う雰囲気でいやがりますけどね」

あぁ、そうだ。

まだまだ諦めるわけにはいかない。

やってしまったが入学してすぐ。『黒騎士』という事実を誤魔化せる機会などいくらでもこの先恐らくきっと多分あるかもしれないのだから！

「あれ、終わちゃった……の？」

ここでようやく、訓練場にルナが到着する。

ただ、他の生徒同様にあまりの惨状を見て一瞬固まってしまった。

「……終わりましたよ、姫さん。どこぞの英雄《ヒーロー》のおかげで」

しかし、セレナが発した一言。

これを受けて、ルナは一目散にアデルの下へ駆け寄り始める。

そして、駆け出した勢いのままアデルの胸の中へ飛び込んだ。

「うぉっ⁉　なになに、アデルくんモテ期到来⁉」

「ありがとう……アデルくん、ありがとうっ」

可愛《かわい》らしくも美しい顔とふくよかな感触が訪れ、アデルは思わずドキッとしてしまう。

自分から首を突っ込んで、二学年の生徒を倒しただけ。

順位は変動していないし、そもそも賭けがセレナの勝ちではなく外野から有耶無耶《うやむや》にしただけ。

それなのに、ここまで喜ばれるとは……彼女の中では、こうして抱き着くほど重要なことだったのだろう。

アデルはルナの姿を見て、どこかむず痒《がゆ》くなる。

その時――

「いやはや、お見事。流石にこの展開は予想していなかったね」

ストン、と。

緑に覆われた訓練場にユリウスが降り立つ。

「君はアスティア侯爵家の中でも無能と聞いていたのだけど……実力を隠していたのかい？」

「たまたまっすよ」

「ハハッ、たまたまときたか――」

そう言いかけた瞬間、ユリウスの姿がブレる。

どこにいった？　と、抱き着いていたルナが疑問に思ったその時、己の瞳の目の前へ男の手が二つ現れた。

「ッ⁉」

一つは己に指先を向け、もう一つは寸前で摑《つか》んでいる。

これがどちらが誰など、言わなくてもいいだろう。

「僕はこれでも王子なんだけど、気安く触りすぎじゃないかい？」

「女の子に向ける指の形じゃないと思いまして。失礼ながら、止めさせていただきました」

「んー、普通に寸止めにするつもりだったんだけど……勘違いされちゃったかな？　そこは謝罪しよう」

アデルがそのまま足を振り上げる。

しかし、それが当たることはなく元の位置へユリウスは戻っていた。

「君、僕の派閥に入らないかい？　結構いい待遇を与えてあげるよ」

「生憎《あいにく》と、平気で女の子を傷つけようとする野郎の派閥は御免こうむります。うちの相棒さんが失望しそうなんで。あと、俺はどこの色にも染められるつもりはありません」

「そうかい、それは残念だ」

さて、と。

ユリウスはゆっくり背伸びをする。

「そろそろ本題だ、アデル・アスティアくんの様子を見る限り……ルナの派閥には入っていないようだね。それなのに、乱入したのはどういう意図だい？」

気負いのない、どこか落ち着いているように見える。

だが、そこから向けられる鋭い瞳は背筋が凍るようなもので。ルナは反射的に身を強張《こわば》らせてしまった。

「……なんか面白そうなことしてたんで乱入したんですよ」

「その前にルナからの救助要請があったのだろう？　残念ながら、僕は単に『サロンを作るのをやめろ』という代わりに『卒業後の王城での支援』という交渉を持ちかけたに過ぎない」

「……半ば強制だったクセに」

「それは受け取り方次第だ、ルナ。そして、僕はこう受け取った——僕達の派閥の問題に部外者を介入させるとは、お門違いなんじゃないのかな？　と」

派閥は派閥。当事者は当事者。

そこに外野が介入することを学園側は黙認しているが、本人達は違う。

ここに納得させられるほどの理由はあるのか？　と、鋭い視線はルナへと注がれる。

兄に苦手意識でもあるのか？　それともトラウマでもあるのか？　アデルの服を掴むルナの力が強くなる。

それを知って——

「……決めました」

アデルはきっと本当に馬鹿なのだろう。

怯《おび》えている女の子が傍《そば》にいると放っておけないぐらいには。

だから堂々と、ルナを庇《かば》うように前へ出て第三王子へと中指を突き立てた。

「第二王女の派閥に入ります。だからいっぺん口閉じろ、あんだーすたん？」

◆◆◆

「ご主人様は馬鹿なのですか？」

訓練場から戻り、チクチクとした視線をお隣から授業中ずっと受けたあとの放課後。

人がざわざわと視線を向けている中、一部の人によってはご褒美《ほうび》な言葉がアデルへ向けられた。

ちなみに、アデルは周囲のざわついた視線とは別に冷え切った瞳を肩関節がすでに外された状態のまま正座して聞いていた。痛い。

「ですが、大将っ！　これは深い深いご理由が……ッ！」

「では、後先考えず派閥に入り挙句に上級生をボコボコにし、更には王族に中指を立てた……その深い深いご理由をお伺いしても？」

「気に食わなかった」

深い理由が八文字で語られるのも珍しい。

「ご主人様……」

はぁ、と。エレシアは至極真面目な顔で口にするアデルを見て額に手を当てる。

その時、オロオロしながら横で見ていたルナが声を掛けてきた。

「あ、あの……あんまり怒らないであげて、ね？　元はと言えば私のせいだし……」

「いえ、ルナ様のせいではございません。それに、困っている人を助けるご主人様の性格は大好きです」

「だよねっ！　ちょー分かる！」

「ですが、王族に中指を立てるのは言語道断です」

「あー……ちょっと分かるー」

庇い切れなくなったのか、ルナは大人しく頬を引き攣《つ》らせて一歩下がる。

これでもう、悲しいことにアデルに味方はいなくなった。

「私は別にルナ様の派閥に入ることに異議は申し立てません。一匹狼《いっぴきおおかみ》の姿も大変かっこいいですが、ルナ様のために派閥に入られるお姿もそれはそれで惚《ほ》れ直します」

「…………」

「ですが、相手はあの第三王子です。見惚《みと》れてしまいそうなご主人様とは雲泥《うんでい》の差のビジュアルの第三王子ですが、仮にも王族です。王族に喧嘩《けんか》を売っていいことはありません」

「…………」

「いくら甘えたくなるほど逞《たくま》しいご主人様でも――」

「なぁ、さっきから俺は怒られてんだよな？」

正座して説教を受けているのに、何故《なぜ》かとても気分がよかった。

「なぁ、さっきから第三王子に含みのある言い方してるけど、そんなに性格悪いわけ？　いや、悪そうだなーとは展開と初めましての出会いで分かったが……」

「第三王子であるユリウス様は野心家で有名なのですよ」

補足するように、エレシアが語る。

「野心が強く、目的のためなら手段を選ばない。人を駒として扱い、徹底して己の道を開ける。障害となる者は容赦なく排除するのがユリウス様です」

「ふむ」

「実際に彼の周りでいざこざがあった際、相手は社会的にも身体的にも再起不能になったそうです」

「……マジで？」

「……うちの兄がごめんなさい」

ルナのシュンとした姿がエレシアの言葉を証明しているみたいで。

アデルは引き攣った頬を戻せずにいた。

「更にタチが悪いのは、彼自身が『剣聖の再来』と呼ばれるほどの腕を持っていることでしょうか？　そのため、同年代の中では敵なしと聞いております」

「その証拠に、ユリウスお兄様は二学年の順位一位《ナンバーワン》だよ。しかも、入学した時から順位の変動は一切ないんだって」

「まぁ、王族に決闘を挑む度胸がある生徒が少ないというのもありますね。もちろん、定期的に行われる試験ではしっかりと首位を維持されておりますが」

性格は最悪。おまけに喧嘩も家柄も強い。

まるで全てを与えてしまって手が付けられなくなっているクズな不良のよう。

今度は苦笑いではなく、アデルは思わず顔を両手で覆ってしまった。

「そんな相手に堂々と中指を立ててしまったのですから、間違いなくこれからの学園生活は面倒なことになるのでしょうね」

「いやよ誰か早くあの子をここから追い出してっ！」

とはいえ、追い出そうとして追い出せるような相手でもない。

成績はトップ。目的のためなら徹底的に手段をも選ばない人間が決闘や試験で退学になることは考えづらい。

つまりはこの二年間。

ルナを取り巻く問題が解決しなければ、窮屈で陰湿なことをご覚悟な毎日を送る羽目になるだろう。

「まぁ、ご主人様が快適な学園生活が送れるよう引き続きサポートはしていきますが……取り急ぎは、私もルナ様の派閥に入ることにしましょう」

「え、いいのっ⁉」

ルナは驚いたようにエレシアを見る。

すると、エレシアは小さく笑みを浮かべて答えた。

「ふふっ、ご主人様がいるところに私アリです。それに、どこぞの変な派閥に入るよりかはルナ様の派閥に入った方がいいと判断しました」

アデルがいることが理由の大部分を占めるのだろうが、今の判断材料は恐らく今までエレシアが令嬢として過ごしてきた中で知っている第二王女を思い浮かべたからだろう。

派閥に入ることは確実に学園を出たあとの将来にも影響する。

そのため、単なる同情以外の理由では中々首を縦に振れないものだ。

馬鹿なアデルとは違ってエレシアはしっかり物事を考えられるタイプ。つまり、エレシアは「将来ルナの味方でいてもいい」と考えた上での本心で言ったのだ。

ルナは嬉《うれ》しくて、思わずエレシアに飛びつきそうになった。

「んで、結局なんで第三王子に目をつけられてるんですか？　ぶっちゃけ、あの感じは仲が悪いってだけの話でもないでしょう？」

そろそろ本題。

アデルはルナに視線を投げた。

「あ、うん……そうだよね、ちゃんと話さないといけないよね」

ルナは心の準備でもするかのように大きく息を吸った。

そして——

「継承権争い、って知ってる？」

◆◆◆

国王健在。

それでも行われるのが王位継承権争いだ。

退位が視野に入った時、己の席へ子供の誰を座らせるのか……相応《ふさわ》しい人間は誰なのか、それを見定める場だと言ってもいい。

カリスマ性、支持力、腕っぷし、経済力、知能なんでもいい。

現国王が「相応しい」と思った人間こそが、次期国王への切符を手に入れることができる。

その切符を手に入れるため、王家の血筋を引く子供はそれぞれ王位を目指して奮闘し、時に争うこともある。

これが王位継承争いだ――

「と言いますが、未《いま》だにそんな話は耳にしませんよ？」

流石《さすが》に人の目があるところでは話せない。

場所は変わり、アデルの部屋。

エレシアはキッチンで紅茶を淹《い》れながらふと疑問を口にする。

しかし――

「なんで男の部屋で様になっていやがるんですか、エレシア嬢は……」

「ごくり……カップが置いてある場所も覚えてたんだよ」

その疑問よりも「エレシアがこの空間に慣れすぎている」というのが気になるようで。

お客様用のソファーに並びながら、二人はそれぞれジト目を向けた。

ちなみに、セレナはアデルの部屋に向かう途中に合流し、一緒に足を運んだような形だ。

「今更エレシアの行動力に疑問を持っても仕方ないって」

一方で、アデルは寝室とリビングのドアを開け放ち、顔をしっかりと見せながらベッドへ寝転がっている。

その姿は、久しぶりに見る自堕落ボーイの姿そのものであった。

「話は戻すが、俺もそんな話は聞いたことがないですよ？　まぁ、俺が生きているうちに国王が変わったことがないから、これが普通なのかもしれませんが」

「ううん、普通ならもっと話は広がっているはず。そりゃ、大々的に『争ってます！』なんては言えないけど、少なくとも社交界では絶対に話は挙がるよ」

「その割には、私も話を聞いたことがないのですが……」

エレシアまでもがアデル同様に首を傾《かし》げる。

その姿を見て、ルナはおずおずと手を挙げた。

「あのさ、その前に……敬語やめない？　その、『黒騎士』様に畏《かしこ》まられるのって恐れ多

いっていうか……」

「この場で姫さんが一番恐れ多い人でいやがりますけどね」

「そ、そもそも私畏まられるの苦手だしっ！　エレシアちゃんも普通にお友達のように接してほしいっ！　ほら、仲間になったわけだし！」

「おーけー、ルナ。あい分かった」

「ご主人様は切り替えが早すぎます」

そもそも他人に畏まるのが苦手なアデル。

相手が王族だろうが「やったねありがとう！」な気持ちが先行してしまうようだ。

「まぁ、ルナ様がそう仰《おっしゃ》るのであれば私は構いませんが……元より私の素がこちらなので、そのままでいかせてもらいますね」

「うんっ！」

にっこりと笑うエレシアに対し、こちらも嬉しそうに同意する王女。

心の距離が近づいたと思ったのか、ルナは嬉しそうな笑みを浮かべた。

「さっきの話でいやがりますが、正確に言うとまだ継承権争いは始まっていません」

「ん？　でも、継承権争いがあるから兄貴に目をつけられてるんだろ？」

「感覚的には『その予感がするから今のうちに準備しとこうぜ！』的な？　これはユリウ

スお兄様だけじゃなくて私達兄妹《きょうだい》全員が感じていることなんだけど」

つまり、家族の間で何か感じるものでもあったのだろう。

国王の体調が芳《かんば》しくないとか、何かしら紐《ひも》づくようなアクションがあったか。いずれにせよ、一人だけが感じ取っているわけではないため、勘違いとは考え難《にく》かった。

「……ユリウスお兄様が私を目の敵にするのは、単純に一番潰しやすいからだと思う」

「潰しやすい？」

「う、うん……今、私が一番味方少ないから」

国王が判断する材料は色々あるが、一番はどうしても支持力だ。

国を率いることになるため、まずは民の支持を受けて認めてもらわなくてはならない。中でも、国の中心たる貴族の味方は必須だ。

何かあった時に手を貸してもらえたり、意見を尊重してもらえる。

逆に、なんの支持もなければ貴族達が離れていってしまう。そうなれば、国の運営もままならず、いずれ謀反《むほん》も——なんてことも考えられるため、支持の部分が一番重視されるのだ。

「潰しやすいところを早いところで潰していく。ユリウスお兄様は盤面が汚れるのが嫌だから『ひょんなことで力をつけられる』ってことを避けようとしたがるんだよ」

「完璧主義者で潔癖主義者ですか……それで野心も強いともなれば目も当てられませんね」

「私はそもそも王位に興味がない。これは何人かの兄妹も同じことを考えてはいるんだけど……」

「手のひら返しをされるのが怖い、って感じなのか？　本当に傍迷惑《はためいわく》な人だな」

サロンの設立を認めたくなかったのは、ルナに味方が集まるのをよろしく思わなかったから。

確かに、真っ先に潰そうとしている人間が力をつけようとするとよろしくは思わないだろう。

だからこそ――

「私は潰される前に仲間を集めて生き残らなきゃいけない。仲間を集めて影響力が増せば、ユリウスお兄様も強行的な手段は取らないと思うから……」

潰したあとの処理に躊躇《ちゅうちょ》させればいい。

そうすれば、己の命が狙われずに済む。

事が大袈裟《おおげさ》になれば処理がしきれずに己の野心が潰れてしまうかもしれないからだ。

（にしても、さっきから死ぬかもしれないって話で進めようとしているが）

そういうリスクが普通に考えられるってことか？　と、アデルはルナを見て思う。

野心がない人間が必死になる時は、基本的に己の身が危険になる時だ。

アデルも、もし「お仕事ちゃんとすれば大量のお金がもらえるから」と言われても「どうでもいい」と重たい腰を上げようとは思わない。

ルナも本来であれば積極的にならなくてもいいことに積極的になっているのは、己の身の安全に関係しているからだろう。

「結局、俺達がするのはルナの身を守りつつ味方集めをすりゃいいってことか？」

「え？　あ、いやっ！　そうしてくれるのは嬉しいけど、私が巻き込んだことだしアデルくんは仲間になってくれるだけで――――」

「何言ってんだ、乗り掛かった舟だし、同船するだけで終わるかよ」

よっこいせ、と。アデルはベッドから起き上がってリビングへと顔を出した。

「それに、それでルナを守れるんだろう？　なら、手を貸さない理由はねぇだろうが」

真っ直《ま》ぐ《す》に、素っ頓狂な顔で、さも当たり前のように口にした言葉。

「〜〜〜ッ!?」

それを受けて、ルナは耳まで綺麗《きれい》な真っ赤になってしまった。

そして――

「はぁ……またご主人様は誑《たら》し込んで。あとで膝枕と肩関節です」

「姫さんも惚《ほ》れるわけですねぇ」

当事者ではない二人の女の子は、それぞれ優しすぎる男へジト目を向けるのであった。

◆◆◆

二学年の定期試験は新学期が始まってすぐに行われる。

模擬戦や筆記試験だけでなく、二学年に上がると必然的に実戦においての試験も行われるようになり、ユリウスの護衛であるカインもまた実戦へと駆り出されていた。

(討伐数のアベレージが三体……だったか?)

ケイライン子爵家の息子であるカインは、巨大な剣を背中にしまう。

視界には生い茂った森と、赤黒い液体を流しながら倒れている狼《おおかみ》型の魔獣が八体。

平均が三体であれば、かなり上回っていると言ってもいいだろう。

(俺もまだまだ未熟な身。と考えると、きっと本職の騎士はもっと凄《すご》いんだろうな……既に騎士団へ加入して任務をこなしているアスティア侯爵家の人間は流石としか言えん)

いや、それよりも。

由緒《ゆいしょ》正しき騎士家系と比較する以前に、近くにいる人間と比較するべきだ。

カインは後ろを振り返る。そこには、十数体もの屍《しかばね》の山を築き、悠々と腰を下ろしている主人《ユリウス》の姿が。

「ん？　そっちは終わったのかい？」

「ええ、今しがた。充分に倒しましたし、このまま合流地点へ戻ってもよろしいかと」

「それもいいけど、もう少しゆっくりしていかないか？　せっかく学園の外に出られたんだからさ」

これだけの魔獣を倒しても無傷。それどころかどこか余裕すら感じられる。

加えて、己よりも多くの魔獣を倒しているのだ——流石だと、カインは視線を上げた。

その時——

「おや、君達もここにいたのかな？」

茂みの中から、一人の少女が姿を現す。

サイドテールの桃色の髪。あどけなさというか妖艶《ようえん》さというか、なんとも表現に難しい雰囲気を感じさせる。

その少女——シャルロットは小さく手を上げて「やぁ」と、二人に挨拶をした。

「おっと、これは珍しい。忠臣が二人も揃《そろ》うなんて。特にシャルロットはクラスが違うから中々会わないんだけど」

「いい加減、Sクラスに上がってきたらどうだ？　いちいち連絡が面倒だ」

「嫌だよ、億劫《おっくう》すぎる。野心がなければ順位を上げるのはデメリットしかないからね。そういうのは叩《たた》かれて喜ぶMっ子だけが頑張ればいいのさ」

カインは肩を竦《すく》める。

するとユリウスは何かを思いついたように口にした。

「そうだ、シャルロット……一つ君に聞きたいことがあるんだ」

「ん？　何かね？」

「君、英雄を倒せるかい？」

何の話だ、と。シャルロットは首を傾げる。

しかし、すぐさま小さくため息をついた。

「どの英雄を差して言っているのかは知らないけど……まぁ、やるだけやってみるとしか。君の三倍ぐらい強い人間でなければ勝てると思うが」

「ハハッ、よく言うね！　これでも僕はそれなりに強い方だとは思うんだけどなぁ！」

ユリウスは『剣聖の再来』とも呼ばれる程の人間だ。それの三倍未満程度なら勝てる？　もしもこの場に第三者でもいれば首を傾げるだろう。

だが、カインやユリウスは何も反論はしない。

その代わりに――

「……ユリウス様、次は何をお考えで？」

「うーん、別にいつも通りのことだよ」

ユリウスはカインの質問に口元を緩める。

「この国の次の王は僕だ。その前に立ちはだかる者は全員潰す――いつもと変わらない、面白おかしい障害走に挑むだけだ」

カインは、その言葉に眉を顰《ひそ》める。

気乗りしていないような、そんな感じ。

しかし、文句など口にせず近くにいた自分の倒した死骸の尻尾を切っていくと、そのまま背中を向けた。

「俺は先に戻りますが、ユリウス様はいかがなさいますか？」

「僕はもう少し外の空気を吸っておくよ。あと、考えたいこともあるしね」

「だったら、私と一緒に帰ろうじゃないか。血腥《ちなまぐさ》い空間は、乙女の肌に関わるからね」

そう言って、シャルロットはカインの横に並ぶ。

茂みを掻《か》き分け、予《あらかじ》め伝えられていた合流地点までを一緒に歩いていく。

すると、しばらく経《た》ったところでシャルロットが口を開いた。

「また、あの王子様は何かをするつもりなのかい？」

「……まぁ、そうだな」

「気乗りしない感じだね」

「気乗りなどしない。まぁ、我が家が第三王子の派閥にいる以上、文句など言っていられないが」

第三王子の派閥はかなり多い。

性格に難があるものの、知性も実力も他の兄妹よりも優れていると周囲が認めているからだ。

だが、その難ある性格を傍《そば》で知り続けたからこそ――二人はこのような会話を広げる。

「まったく……これだから貴族は面倒くさい。やりたくないものはやりたくないって言えばいいのにな。うちの孤児院の子供達も、嫌なら嫌ってちゃんと言っていたぞ？」

「そういう君はどうなんだ？　彼のせいでその手が汚れ続けているだろ」

「ふふっ、私の心配をしてくれているんだね。私が第三王子の秘密の懐刀《ふところがたな》だからかな？」

「そういうわけでは――」

「分かっているさ、君は優しいからね」

だけど、と。

シャルロットはカインの背中を叩いた。

「彼はお金をいっぱいくれるんだ。上辺ではなく、しっかりと。その積み重ねがあるから、私は彼を信頼しているし性格に難があろうと文句はない」

「…………」

「世の中、綺麗事だけじゃ世界は回らない。お金があれば薬も買えるし、シスターや家族の治療を続けさせられる……手段も力もあるのに、外道に堕《お》ちない理由はないね」

そう言って、先を歩いていくシャルロット。

後姿は、なんともか弱い女の子のようだった。哀愁も漂っていないし、落ち込んでいるようにも見えない。

単純に現実を見据えて理解している――どこにでもいるような少女。

「外道、か……お互い大変だな」

「まぁ、外道同士主人が奇行に走らないことを祈ろうじゃないか。なーに、教会に行くなら一緒に付き合ってやるさ」

「……君がいてくれるなら、そういう場所に赴くのも悪くはないな」

カインは足を速めて、シャルロットの横に並び立つ。

ふと、シャルロットの横顔を見て思った。

（流行病《はやりやまい》……悪彩病《あくさいびょう》、か。それさえ起こらなかったら、きっと彼女は可憐《かれん》な少女のままだったんだろうな）

そして、その横顔を見つめる時のカインの表情はどこか悲しさを帯びていた。

継承権争い

さて、派閥の仲間を集めるとは言ったものの、簡単なことではないのは承知の通り。

何せ、学生時代に築いた関係は将来に続く。

そのためより一層慎重になってしまうし、今回は少し特殊だ。

仲間に引き入れるのはいいものの、下手をすれば負け馬に乗って巻き込んでしまう恐れがある。

故に、相手も慎重にならざるを得ない——もちろん、一番慎重になっているのはルナだ。

相手を慮《おもんぱか》り、かつ懐に入れても裏切らなそうな頼もしい相手を考えると中々選べない。

逆に、派閥に入りたい人間がいればルナの地位狙い。入学早々群がっていた人達を見れば一目瞭然である。

簡単ではないのは、相手側というよりこちら側の方だろう。

だからこそ、アデル達は苦戦覚悟で仲間集めを——

「え、お姉ちゃん派閥入ってもいいよ～」

……するつもりだった。

「あの、本当によろしいのですか、ミル様？」

時と場所は変わって、翌日の放課後。

アデルはエレシアと当事者であるルナを引き連れて、騎士部が使っている訓練場へと足を運んでいた。

訓練場は相変わらず、剣を振って鍛錬に勤《いそ》しむ生徒の姿がたくさん。中には公爵家の息子であるライガも一緒に剣を振っており、ちゃんとミル達の許可を得て入部したのだと窺《うかが》える。

とはいえ、今回やって来たのは見学ではなくミルに会うため。

というのも、腕っぷし問題なし家柄問題なし、どこの派閥にも属しておらず、少し性格に問題ありだが裏切るような人ではないミルを勧誘するためだ。

まぁ、足を運んである程度の事情を話してすぐに快い返事をもらえたわけだが。なんというか、拍子抜けである。

「いいのいいのっ！　アーくんがハグして『ミルお姉ちゃん大好き♡』って言いながらほっぺにチューしてくれたし！」

ただ、拍子抜けの犠牲はあったみたいだ。

「うぅ……俺、もうお婿に行けない」

「ありがとうね、アデルくん……あの、もしあれだったら私が……もらってあげても……」


一方で、アデルは心に多大なダメージを負って地面へ蹲《うずくま》っていた。

その背中をさするルナは、なんだか少し赤らめた顔を見せている。

訓練場の隅で邪魔にならないよう話しているとはいえ、なんとも目立つ二人であった。

「まぁ、あとは単純にアーくんと同じ派閥に入りたかったっていうのもあるかな？」

「と、言いますと？」

「だって、変なことがあってアーくんと対立するのなんて嫌だし。それに……アーくんすぐ逃げるから、監視しときたいし」

なるほど、と。エレシアは少しだけ頬を引き攣《つ》らせながらアデルを見る。

アデルとミルは学年が違う。そのため、学園を卒業すればいよいよ家でしか会える機会がなくなる。

もしも、アデルが学園を卒業しても『黒騎士』のほとぼりが冷めなかった場合、性格的に十中八九逃亡という選択肢を取ることだろう。

そうなってしまったら、ミルはアデルと会う手段も伝手《つて》もなくなってしまう可能性が高い。

それは姉としても、アスティア侯爵家としてもよろしくはない。何せ、別格すぎる天才児という人材が逃げてしまうからだ。

それなら、少しでも関係が残るようにしたい。

ミルの言っている「監視」というのは、正にこのことだろう。

「あ、あのっ」

二人が話していると、さすり終えたルナがミルに向き直る。

そして、勢いよく頭を下げたのであった。

「ありがとうございます、ミルさんっ！　私の派閥に入っていただいて！」

「おーるおっけー♪　大丈夫大丈夫、こういういい子な部分もあるからお姉ちゃんは派閥に入るんだぞぅ～？」

よしよし、と。ミルはルナに抱き着いて思い切り頭を撫《な》で回す。

ルナは「『黒騎士』様のお姉様に頭を……!?」と、何やらいっぱいいっぱいになってしまった。

「そういう話なら、ロイドくんも誘おっか？　あの子、『孤高こそかっこいい！』ってイタイ子状態だから、名前ぐらいなら貸してくれると思うけど」

「ロイド様は相変わらずですね」

「…………」

一体どんな人なのだろう？　と、ルナは少し想像して気になってしまった。

その時、ようやくアデルが現実に折り合いをつけたのか、立ち上がって話に入ってくる。

「よし、さっきのは記憶から抹消しよう！」

「じゃあもう一回今度は唇にチュー《チュー》で！」

「ざけんなそれは姉弟《きょうだい》で超えちゃいけない一線だろうがッッッ！！！」

色々と容赦のないお姉さんであった。

「ご主人様」

しかしそんなツッコミを入れるアデルへ、エレシアが袖を引っ張ってくる。

「なに？　もう一回しろのワンモアプリーズは嫌だからな⁉　約束は履行されたし絶対に
──」

「私にしてほしいです」

「…………ぱーどぅん？」

「私にしてほしいです」

物欲しそうな視線を向けるエレシア。

それを受けたアデルは一瞬だけ固まると、すぐに目頭を押さえ始めた。

「おーけー……いいか、エレシア。安易にキスなんて罰ゲーム感覚で求めるもんじゃない。女の子の初めては貴重なんだ、もっと小鳥を愛《め》でるかのように大事に――」

「ご主人様がいいんです」

「……………」

「ご主人様がいいんです」

アデルはもう一度固まる。

動かないから不満なのか、それとも答えてくれないから不満なのか。

エレシアは「むぅー」と頬を膨らませながらアデルの袖を引っ張り続ける。

そんな二人を見て――

「いい、ルナちゃん？　アーくんと結婚する時は、誰が第一夫人かとかはちゃんと話し合うんだよ？」

「ふぇっ!?」

ミルは何やらルナに吹き込んでいた。

ルナはルナで思い切り顔を真っ赤にさせるのだが……アデルは相棒のおねだりの処理が追い付かず、そのことにまったく気がつかなかった。

仲間集めも大事だが、まずはサロンの設立だ。

サロンを設立するためには学園側に申請して許可をもらわなければならない。

許可が下りるのは色々と基準があるみたいだが、まったく興味もなかったアデルがそもそも知っているわけがなかった。

だからこそ、そっちの方面はルナ達に任せることにしたのだが――

「お部屋もらいましたー！」

「展開が早い」

見て見て！　とでも言わんばかりに目を輝かせるルナ。

その後ろには、大きなシャンデリアが吊《つ》るされた絢爛《けんらん》な部屋が。

広さは寮の部屋にあるリビング二つを合わせたぐらいのもの。ソファーにテーブル、本棚やキッチンなどが完備されており、集まって談笑するには完璧な空間であった。

アデル達はそんな部屋に足を踏み入れ、物珍しそうに辺りを見渡した。

「展開が早すぎて読者がびっくりしちゃったけど……サロンってこんな部屋がもらえるんだな」

「そもそも、サロン専用の棟があること自体驚きです」

エレシアはトテトテと早足で本棚へと向かう。

そこにある一冊を手に取ると、目を輝かせながら「おー！」と捲《めく》り始めた。その様子はどこか子供っぽく、可愛《かわい》らしいものであった。

「まぁ、貴族中心の学園だからね。こういうのを用意しろって要望が多かったみたい」

「ふぅーん……」

辺りを見渡し終えたアデルは、ルナに振り返る。

そして、凄《すご》く真面目な顔で言い放った。

「ベッドは？」

「何をする気!?」

アデルとしては昼寝スペースがほしかっただけなのだが、女の子しかいないこの空間では中々際《きわ》どい発言である。

「それにしても、よくサロンが設立できましたね」

エレシアが本から視線を離すことなく首を傾《かし》げる。

「その件でユリウス様と揉《も》めたのでしたよね？　であれば、てっきりサロンの設立は苦戦するのかと思っていたのですが」

そう、元々設立にあたってルナは兄であるユリウスと揉めていた。

乱入戦でアデルが賭け自体をなかったことにしたのだが、別にユリウス側が負けたわけではない。

そのため、サロンの設立にあたって向こう側から妨害などがあると思っていた――

「驚くべきことに、普通にすんなりでいやがりました」

「うん、ちょっと不気味なぐらいにすんなり。でも、設立できるならしとこーかなって」

一度設立してしまえば、あとは兄を気にすることもない。

学園側から解体命令が出なければ、余所《よそ》から妨害工作が入っても学園側が守ってくれる。

であれば、作れる時に作っておくのがベスト。

何もなさすぎて懸念《けねん》事項になりつつあるが、ルナは気にしないことにした。

「まぁ、ユリウス様も諦めたのかもしれませんね」

「ポジティブポジティブ！　不安になってばっかりじゃ、身が持たないしね！」

ルナはソファーに腰を下ろし、セレナが淹《い》れてくれた紅茶を一口啜《すす》る。

セレナも紅茶を準備するお仕事が終わり、ルナの横に座って己も一時のティータイムを味わうことにした。

一方で――

「ご主人様、見てください！　魔法基礎概念の指南書です！　こちら、中々市場に出回らない一冊ですよ！」

「おー、この前ほしがってたやつか……って、こっちは世界的有名な開拓者鑑修の植物図鑑じゃねぇか⁉　なんでこんな貴重な逸品が⁉」

「た、宝の山です……」

「サ、サロンって素晴らしいんだな……」

アデルとエレシアはいつの間にか本棚を見上げて目を輝かし続けていた。

なんというか、子供が二人できたような気分。その姿を後ろから見ていたルナは、苦笑いを浮かべながら紅茶を一口頂いた。

「そういえば、今度初めて試験があるよね」

その時、ふと思い出したように口にする。

「あー、なんか講師が講義中にそんなこと言っていやがりましたね。まぁ、時期的にもそろそろ。最近バタバタでしたけど、もう一ヶ月経《た》ちそうですし」

「うがー、やだー！」

試験が嫌なのか、ルナが憂鬱そうにテーブルに突っ伏す。

艶やかな金髪がだらしないことになってしまった。

「順位を落とさないようにしなきゃいけないから頑張るんだけどさー、せめて内容ぐらい教えてくれてもいいのになー」

試験の内容は試験当日まで開示されない。

それは不正防止と、日頃の積み重ねを見たい学園側の意向らしい。

確かに内容を知らなければ不正もしようがなく、そもそも一夜漬け感覚で対策することもできない。

本当に、今までの努力が試される場となる。

「普通にやっていれば大丈夫でやがりますよ。皆同じ条件でやるだけで、入学して早々に差が出るとは思えませんし……と言いつつ、油断もできねぇ感じですが」

「うげぇー、私はお兄様の件でも考えること多いのにぃー」

王女らしくもない態度。

よっぽど試験……というよりは、順位が下がるかもしれないことが嫌なのだろう。

「まぁまぁ、そんなに落ち込まないで、少しは二人を見習ったらどうです？」

そう言って、セレナは本棚にいる二人を指差す。

二人は相変わらず試験のことなど頭にないかのように、本棚にささっている本を見て目を輝かせていた。

「超余裕そうですよ、あの二人は」

「流石《さすが》は『黒騎士』様！」

二人はアデルとエレシアに、どこか微笑《ほほえ》ましそうな視線を向けるのであった。


「ご主人様、この公式はここに当て嵌《は》めるんですよ」

さて、サロンができてから二日ほどの時間が経った。

試験前だからか、皆己の鍛錬に勤《いそ》しむようになり、アデル達への決闘の申し込みがみるみる減っていた。

おかげで平穏な毎日が続いており、現在は爆睡をかまして聞いていなかった部分を放課後に復習。もちろん臨時講師はエレシアだ。

「……なぁ、一個聞きたいんだけど」

アデルは頬を引き攣《つ》らせながら、ふとエレシアへ尋ねる。

「いかがなされましたか？　どこか分からない問題でも？　それとも、先程から何やら周囲の視線が強いことでしょうか？」

確かに、教室で勉強している二人へ何やら同じクラスの生徒達の視線が集まっているような気がする。

元より、アデルもエレシアも注目を浴びやすい人間だ。侯爵家の恥さらしでありながら、『黒騎士』疑惑（確信）もあり、決闘では全戦無敗。最近では「恥さらしに負けるなんて！」というより「強くなりたい！」というお声が強くなった。それもこれも、アデルの評価がどんどん変わってきている影響だろう。

一方で、エレシアは魔法家系の神童とまで呼ばれた女の子。目を惹《ひ》くような容姿もあり、こちらもアデル同様注目を浴びやすい。

故に、こちらを見てヒソヒソと話されている現状はなんらおかしくはないのだ。

「いや、そうじゃなくて……」

アデルは引き攣った頰のまま、眼前にあるエレシアの頭を小突いた。

「なんでお前が俺の膝の上に乗ってるんだよ」

「あいたっ」

そう、現在教室で勉強に勤しんでいるアデルの体勢は少し変わっている。

アデルが椅子に座り、その膝の上にエレシアが乗る激甘カップル構図だ。

「そりゃ注目浴びるよバカップルの体勢だぞ、これ……」

「うぅ……最近、ご主人様に甘えられてなかったですもん。ですので、少しでも補給しておかないと……」

「俺は栄養剤か」

太ももから感じる柔らかい感触、鼻腔《びこう》を擽《くすぐ》る甘い香り、全身に伝わる体温。

加えて、振り向く度にキスができそうなほど迫る整った顔。

アデルの心臓は先程までバクバクだったのだが、それがバレた途端にどんな反応をされるか分からないので平静を装《よそお》う。ご主人様も尊厳と威厳を保つために大変だ。

『なぁ、あの二人……』

『まさかデキてるんじゃゃ?』

『おいおい嘘《うそ》だろ⁉　あのエレシア様が恥さらしと⁉』

少し内容が変わったヒソヒソ話を耳にして、エレシアは上機嫌な様子でアデルへと更に身を寄せる。

アデルは甘えん坊な子猫に小さなため息をついてしまった。

「エレシアのこれはいつものこととして……なぁ、勉強する必要あるのか？　部屋でゴロゴロしよーぜ。そろそろベッドと枕が俺に会えなくて泣いてるよ」

「ダメです、ベッドさんは一人になりたい時だってあるんです。それより、ご主人様は勉強をしないと……もし、次の試験が筆記中心だった場合、どうなされるつもりですか？」

「ぐぬっ……」

「今は首位にいるので問題ありませんが、試験の内容によっては陥落する可能性もございます。つまりは、できることをしましょうということです♪」

試験は、何も体を動かすことだけではない。

知識だって立派な実力の一つだ。頭がいい人間は国の技術や産業を発展させてくれる貴重な人材。運営面でも重宝され、学園側もどうしてもそちらの側面も重視してくる。

そのため、試験で筆記中心――ということは、全然あり得ることなのだ。

「ルナ様達は魔法のお勉強をするために図書館へ行かれているみたいです。ですので、ご主人様も皆様に負けないよう頑張ってお勉強ですよ」

「うぅ……入学一ヶ月にして心が折れそう。鞭《むち》ばっかりじゃなくて学生に優しい側面をもう少しアピールしてくれ」

アデルは泣く泣く配られた教材に向き合い、筆を走らせる。

その様子を、机とアデルの間から眺めるエレシアであった。

「そういえばさ」

「はい」

「あの第三王子、てっきりなんか陰湿な嫌がらせをしてくると思ったんだけど、特に何もないよな」

あれから、アデルは平穏な日々を送っている。

中指を立てて真正面から王子に喧嘩《けんか》を売ったのにもかかわらず、普通の生活のまま。

ルナもサロンの設立ができるほど何も起こっていないらしく、あの一件が本当にあったのかも不思議になるぐらいだった。

「確かにそうですね。もしかして、ご主人様のイケメンフェイスに恐れおののいたのでは？」

「ふーむ……本当にそうだと思う？」

「私の中ではそうです」

「なんだろう、肯定してくれる人が一人なことに涙が出そう」

まぁ、何もないに越したことはない。

エレシアの言う通り諦めたのかもしれないし、やりすぎたと反省しているのかもしれない。

だが、話に聞いた第三王子の性格と対面した雰囲気を思い出すと――

「嵐の前の静けさ、って感じがするわー」

「フラグのように聞こえてしまいますよ、ご主人様」

何も起こらなければいいんだが、と。

アデルはペシペシとエレシアに頬を叩《たた》かれながら、再び教材に視線を落とした。

◆◆◆

「ふふっ、それで勉強は捗《はかど》ってる？」

さて、場所は変わって。

入り浸るにピッタリなサロンにて、ルナがアデルに楽しそうな笑みを向ける。

テーブルの上には、先程まであった見たくもない教材の姿は一つもない。

その代わり、夕食前に食べるのはあまりよろしくない茶菓子に加えて、ルナが淹《い》れてくれた紅茶が並べられている。

「もう諦めたい」

「あはは……まぁ、苦手な人にはキツイよねぇ」

「諦めていい？」

「ま、まだ大丈夫だからっ！　だって、エレシアちゃんが教えてくれてるって——」

「諦めたい」

「ダメだ、教えてもらってもなお厳しい人の言うセリフだ」

教えてもらっているからといってできるとは限らない。

今まで自堕落な生活ばかりしてきたツケが回ってきた結果だろう。俗にいう自業自得《じごうじとく》である。

「そ、そういえばエレシアちゃんはどこに行ったの？」

話を逸《そ》らすように、ルナはサロンの中を見渡しながら口にする。

「なんか、決闘受けにいったって。多分、すぐ帰ってくるんじゃないか？」

「流石だねぇ」

「まぁ、エレシアに勝てる同年代もあんまり想像がつかないからな。それこそ、番狂わせが起こったらお茶の間も腰を抜かす……って言っても、たとえば下の順位三位《ナンバースリー》様がどこまで戦《や》れるかは分からんから一概に断定はできないが」

あくまで、アデルが想像できないというだけ。

実際に、エレシアの下にはセレナがおり、試験基準の中でしか優劣がついていない。いざ二人が戦ってみればどうなるのか？　こればかりはセレナの実力を見ていないのでなんとも言えなかった。

「うーん……私も『うちの護衛は強いんだよえっへん！』って言えたらいいんだけど、エレシアちゃんの実力をちゃんと見てないからなんとも言えないんだよねぇ」

「そんなもんだよな」

アデルはカップに手を伸ばし、紅茶を一口啜《すす》る。

すると――

「でも、私もセレナが負けるとは思わないかなぁ」

どこか自慢するように、からかいも含めた悪戯《いたずら》っぽい笑みを浮かべて、ルナはアデルに言った。

珍しく断言。それでいて張り合ってくるルナに、アデルは少しばかり驚く。

「それは自分の相棒《パートナー》だから？」

「うん、私の護衛だから」

すると、ルナはソファーの背もたれにもたれかかって、

「セレナとは、子供の頃からずっと一緒だったんだ。王国騎士団で働いている騎士の娘さんで、元々は『騎士になる！』ってただお父さんの職場に遊びに来てた子なの」

視界に映るのは、豪華なシャンデリアが灯《とも》す綺麗《きれい》な光。

しかし、ルナは眩《まぶ》しがるどころか、どこか思い耽《ふけ》るように口元を緩めた。

「昔から、私ってお転婆だったから王城を色々走り回っていて、あとたまに抜け出そうと

して……その時、セレナと出会ったんだよ。まぁ、すぐに『こいつ王城から出ようとしてます！』ってチクられたけど」

「まぁ、王女様が勝手に抜け出したらマズいもんな」

「ふふっ、そうだね。でも、子供の私はそういうの全然分かってなかったからさ、セレナに『あいつチクりやがって……！』って、逆恨みしちゃったんだ。見つけ次第、悪戯してやる！　なんて息巻いて……けど、なんだかんだそれから仲良くなって」

ルナとセレナは、アデルとエレシアとは違う。

主従でありながらも、よき友でもある。

一緒に遊んで、一緒に怒られて、たまに喧嘩もして、何度も何度も仲直りして。

そういう子供の頃から積み上げてきた年月が、単純な主従関係よりも深い絆《きずな》を生んでいるのだろう。

「そこから、ずっと一緒にいてくれるんだ。騎士団に入るって夢も、私のための騎士になるって決めてくれた」

懐《なつ》かしむように語っていたルナは、最後にアデルに向かって――

「だから、私はセレナを信じてるの……私の騎士は負けないって」

「……そうか」

ルナの話を聞いて、アデルは口元を緩める。

「そういうことを言ってくれる王女様だから、セレナもついていこうって決めたんだろうな」

もし、単純に第二王女というだけだったら、セレナも今頃騎士団に入ろうと別の道を進んでいたかもしれない。

けれども、こうしてルナの護衛という道を進んだのは、この女の子を支えていきたいと思ったから。

その理由が、今の話と彼女の顔を見て少しだけ分かったような気がする。

「えへへっ、そうかな？」

「今度本人に聞いてみろよ」

「ふふっ、やーだ♪　いまさら聞くの、なんか恥ずかしいし」

それもそうか、と。アデルは笑みを浮かべながら紅茶を一口飲む。

目の前の少女のことを少し知れたからか、はたまたルナという少女のひととなりが垣間《かいま》見《み》れたからか。

いずれにせよ、この空気は決して嫌ではなく。

楽しそうにカップに手を伸ばすルナと共に、しばらく同じ空気に浸ったのであった。

回想〜？・？・？・〜

その少女は、誰がなんと言おうとも「天才」の枠でした。

何をやらせても一番。勉学も剣術も魔法も、全てが一番。

時には大人をも圧倒し、街で繰り広げられる喧嘩は敵なし。容姿も整っていたということもあり、少女のことを街で知らない人はいないほどです。

少女を養子として貴族に迎え入れるという話も挙がりましたが、少女が首を縦に振ることはありません。

何せ、少女には家族がいたからです。

大事な大事な、家族。血は繋《つな》がっていなくても、大事な大事な家族。

少女は孤児でした。

両親に物心つく前に捨てられ、街にポツンとある孤児院に拾われて暮らしているのです。

「ごめんなさい……もっとお金があれば、学園にも行かせてあげられたのに」

「別にいらないよ、皆と一緒にいたい」

「でも、あなたは素晴らしい才能があるわ。絶対に、学園に行けばあなたは素晴らしい道孤児院は、あくまで寄付で成り立っています。

そのため、贅沢《ぜいたく》な暮らしどころか普通に暮らしていくほどのお金もありませんでした。

一人二人ならいざ知らず、何十人も暮らしているのであればお金が足りないのは当たり前。

学園に通うには、どこであってもお金がかかります。

お金お金お金お金。どこに行っても、生きていくだけでお金が必要です。

ですが、少女は特に気にしたことはありませんでした。

何せ、皆と一緒にいるだけで幸せでしたから。

「シスター、私は大きくなったらお金を稼ぐ。兄妹《きょうだい》達の生活は私が面倒を見るさ」

大事な大事な家族。

少しでも楽をさせてあげたいし、もっと美味《おい》しいものを食べさせてあげたい。

大丈夫、自分は天才だ。魔法でも大人を倒せるし、剣でも大人を倒せるぐらいには天才。

どこに行っても、きっと重宝されるに違いない。たくさん稼いで、シスターや兄妹達を笑顔にさせるんだ。

その気持ちは、少女が十四歳になっても変わることはありませんでした。

しかし、現実とはなんとも悲しいもので――

「シ、シスター……？　みん、な……？」

ある日、皆が体調不良を訴えたのです。

熱が出て、食べるものは全て吐いてしまって、全身を赤黒い斑点が侵食して。挙句の果てには、目を覚まさない者もいました。

――この時、少女の住む辺境の街にとある病が流行《はや》ったのです。

悪彩病《あくさいびょう》。

流行病の中でもタチが悪く、治療をし続けないといずれ死に至ってしまう恐ろしい病気です。

国の神官や、特別な薬草を用いないと治せず、大きなお金を出してようやく進行を止められる程度。そのせいで、この時街では多くの人が死んでしまいました。

「絶対に……絶対にこれ以上家族を死なせるもんか！」

少女は走りました。

色々な場所を。家族を守るために神官や薬屋の下へ赴き、家族を治してもらうために。

しかし、どこも門前払い。

当然です――お金がないのですから。

病を治すには腕のいい神官、希少であるが故に高級な薬草が必要です。

普通に稼いでも、届かない。普通に稼いでいる間には、助からない。

当然、孤児院にそのようなお金はありません。掻《か》き集めても掻き集めても、一人二人を助けるので精いっぱい。

それでも諦めたくなくて、少女は必死に色々な場所へ縋《すが》りに行きました。

だけど、誰も手を取ってくれなくて。そうしているうちにどんどん家族が死んでいって

「ふざ、けんな……ッ！」


どこに行っても金、金、金。

少女は絶望しました――ふざけるな、と。どうしてこんなに世界は冷たいのか、と。

別に皆が悪いことをしたわけでもないのに。まだ子供なのに人生を楽しむことなく死んでいくなんて。

一時、悪事に手を染めようとも思いました。

でも、染めた程度でも家族全員を治せる金額には届きそうにもなくて。

「クソがァァァァァァァァァァァァァァァァァァァァァァッッ！！」

その時でした。

少女が望んでも手に入らないお金をたくさん持っている少年に出会ったのは――


「君かな、周囲を嘲笑《あざわら》うほどの天才児は？」


誰だ、というのが少女の感想でした。

しかし、少年は口元を緩めながらただただ言い放つだけです。

「望むものをあげよう。その代わり、僕の手足になってほしい……僕の望むものを手に入れるために」

少女は迷いません。

「……なら、金をくれ。私の家族が生き続けられるほどのお金を。くれるのであれば、私はどんな外道にも堕《お》ちてやる」

家族を救うためなら、この手を汚すことなど厭《いと》わない。

だって、少女は天才だから。

王国の歴史上類を見ないほどの才能を持った、女の子だから。

家族が、大事なんだ。

◆◆◆

「どうした、シャルロット？」

ふと、隣に座って祈っていたカインが顔を覗《のぞ》きこんでくる。

ステンドグラスから差す彩《いろど》りに溢《あふ》れた光に包まれた礼拝堂に、カインの声が響いた。

「……いやなに、私の家族のことを思い出してね」

少し遠い目を浮かべる。

ここに来るまで色々あったなと、どこか感慨深さまで覚えてしまったために。

「そうか……今、孤児院の方はどうなっている？」

「頭のネジが飛んでいる主人のおかげで、なんとか生きられている状態だよ。やっぱり治すにはとある薬草がいるからね、金はあっても物がなければ意味がないんだ」

それほどまでに、厄介な病。

だが、生かしてもらえているだけでも少女にとってはありがたいことこの上ない。

少しずつ治っている家族もいる。だったら、諦める道理はない。

「まぁ、私のことはいいじゃないか」

そう言って、シャルロットは徐《おもむろ》に腰を上げる。

「それよりも、主人が奇行に走ることを考えた方がいいんじゃないかい？　結局やるみたいじゃないか」

「……まったく、頭が痛い話だ」

「頭を抱えても、やることは変わらないさ。これからのことも、いつも通りにこなせばいいよ——といっても、君の言ったことが正しければ今回ばかしは私もちゃんとやる気を出さなきゃいけなそうだがね」

いつも通り。

その言葉を受けて、カインは眉を顰《ひそ》めた。

シャルロットはカインの反応を見て、背中をそっと叩《たた》く。

「優しい君には似合わない主君だよ。君の家のことがなければ、君も楽しい学園生活が送れただろうに」

叶《かな》いもしない祈りも終わった。

シャルロットが歩き始めると、カインもまた横に並び始める。

その時——

「君は……」

「ん？」

「君は、楽しい学園生活を送れているのか？」

どこか憐《あわ》れみと寂しさが滲《にじ》む瞳。

明らかに心配しているような言葉に、シャルロットは口元を緩めたのであった。

「本当に、君は優しいね。こんな金の亡者《もうじゃ》にそんな顔をしてくれるんだからさ」

定期試験

一学年の試験内容が発表された。

発表されたのは、聞かされていた通り試験当日。

「おぉ……」

アデルは眼前に広がる洞窟の入り口を見て、思わず感嘆とした声が漏れてしまった。

「転移穴《ワープホール》。高価な魔道具で中々手に入らないと聞いていたのですが、流石《さすが》は王国一番の学園ですね」

横にいるエレシアからもまた、感嘆とした言葉が漏れる。

洞窟の外は広々とした草原となっており、どこかミスマッチな組み合わせに現実感を与えてくれない。

というより、先程まで学園にいた自分達が穴を一つ潜っただけで違う場所に来てしまっている方が現実感がないのかもしれない。

『ここは学園が所有するダンジョンの一つです』

前に立つ講師が皆に向かって口を開く。

『まず第一に、このダンジョンにモンスターはおりません。ですので、とりあえずは死ぬリスクはないと思っていてください。まぁ、もちろん怪我《けが》はしてしまうかもしれませんが』

ざわざわ、と。生徒達がざわつき始める。

今回の試験は、各クラスに分かれて行われる。先陣を切って行われる組であるSクラスの生徒の姿が、この広場に集まっていた。

だが、この場には何故《なぜ》か一学年の生徒の姿だけでなく――

「(なぁ、なんで二学年の生徒がいるんだよ……)」

「(試験監督を上級生が担当するのでしょうか?)」

アデルが少しだけ後ろを振り向く。

そこには、上級生である二年生の姿があった。そしてその中には――この前お見かけしたユリウスやカインの姿まで見える。

「(うげぇ……示し合わせたような組み合わせ。もしかして、この前の発言が神様にフラグ認定でもされたか?)」

「(さて、どうでしょうか？　一学年のSクラスの監督を二学年のSクラスが担当する……なんて話は、別におかしなものではありません)」

二人が仲良くアイコンタクトを交わしていると、講師はそのまま口を開いた。

『今回の試験は、単純にダンジョン最深部にあるゴールへ辿《たど》り着くこと。転移穴《ワープホール》がありますので、そちらで学園に戻り次第試験は終了になります』

モンスターを倒すわけでもない。単に行って戻ってくるだけ。

その字面《じづら》だけ切り取れば、今回の試験は簡単なように思える。

しかし、ここは王国一の学園で実力主義。単にそれだけではないのは、緊張感を漂わせる生徒達はしっかりと理解していた。

『今回、初めの試験ということもあって成績には影響しません。ただし、かといって油断はなされないよう——二時間の制限時間内までに戻ってこられなかった生徒は退学となります』

ゴクリ、と。退学というワードが出た瞬間にどこからともなく息を呑《の》む音が聞こえてきた。

成績に関係しないといっても、油断すれば地獄の底までの一直線。

そして、講師が手を振ると唐突に生徒達の腕にリングが現れた。

そのリングには、何やら数字が書かれており——

『試験は二人一組。同じ数字の人間とペアを組んで試験に臨んでいただきますが、あくまで目安。どちらか一方が辿り着けなかったとしても、もう一人が辿り着けば、その人間は合格になります』

アデルのリングに書かれてあった数字は『1』。横をチラリと見ると、エレシアのリングに書かれていた数字は『3』であった。

それに気づいたエレシアは、令嬢とは思えない形相でそのまま膝から崩れ落ちる。

「そ、そんな……ご主人様とペアじゃ、ないッ⁉」

相変わらずマイペースだなぁ、と。アデルは頬を引き攣《つ》らせるのであった。

その時――

「アデルくん、アデルくん」

いきなり背後から背中を叩かれる。

気になって後ろを振り向くと、そこには己のリングを見せるルナの姿があった。

「私、『1』だよ！」

「おー、っていうことはルナと一緒かー」

知っている相手でよかった。知らない相手だと変に緊張をしてしまうし。

アデルは横で羨ましそうに睨《にら》んでくるエレシアを余所《よそ》に、ホッと一安心した。

（それに、万が一何かあっても守れるだろ）

ユリウスがこの場にいる。

エレシアの言う通り試験監督を務めているだけなのだとしても、警戒しておいて損はない。

そういう面を考えると、目下狙われているルナと一緒に行動できるのは僥倖《ぎょうこう》であった。

『そして、今回の試験では二学年の生徒が試験監督を務めます。ダンジョン内での出来事は残念ながら講師側からは分かりませんから。体調不良や怪我で何か起こった場合、上級生の指示に従ってください』

そう言ったのと同時に、一学年の生徒は己のペアを探すべく移動をし始める。

横にいたエレシアも立ち上がり渋々歩いていったが、途中で一人の女子生徒と合流して足を止めた。恐らく、今回のエレシアのペアなのだろう。

加えて、少し離れた場所にセレナが他の生徒と一緒にいるところを見つける。

となると、派閥内でのペアはアデルとルナだけ。

そして――

「やぁ、君達は『1』のペアだね？」

またしても背後から声がかかる。

あどけなさと妖艶《ようえん》さを兼ね備えた、サイドに纏《まと》めた桃色の髪をした美しい少女。そんな生徒が、アデル達の前で立ち止まった。

「私はシャルロット。二学年の順位三位《ナンバースリー》だ、よろしく頼むよ」

少し気だるそうな、それでもフレンドリーな対応。

横にいたルナは「よろしくお願いします！」と勢いよく頭を下げた。その反応を見て、アデルは――

（特に警戒している様子もない。っていうことは、ルナの知り合いじゃないのか……？）

ふと、アデルは周囲を見渡した。

肝心のユリウスはセレナのいるペアの方へと向かっていて、カインはエレシアの方へ。

他二人が知り合いと接している部分に気がかりがあるが、喧嘩《けんか》を売ったアデルや標的であるルナのところへは接触していない。

もし狙っているのであれば、真っ先に第三王子関係の人間が接触しに来ることだろう。

（そもそも、こういう担当って生徒が口出しできるもんでもないかもしれん。っていうことは、警戒のしすぎか？）

アデルは少しだけ肩の力を抜いて「よろしくお願いします」と頭を下げた。

その時――

「アデルくん、少しだけ作戦会議しよ。いいですよね、シャルロット先輩」

「ん？　あぁ、構わないよ。私が君達の試験に口出しする権利はないからね」

そう言って、シャルロットは少し離れてくれた。

試験の攻略に向けての作戦会議を耳に入れるのは無粋とでも思ったのだろうか？　気を遣ってくれる先輩だな、と。アデルは少し感心する。

そして、シャルロットが離れたことを確認したルナはアデルの耳元へ顔を近づけ――

「気をつけて、アデルくん」

「ん？」

「あの人、試験直前で順位五十八位《ナンバーフィフティーエイト》から順位三位《ナンバースリー》に上がった人だよ」

小さな声で、真っ直《ます》ぐに言い放ったのであった。

「私は知らない人だけど、こんな飛躍的躍進《ジャンプアップ》は絶対に何かある。もしかしたら、ユリウスお兄様の関係者で、ユリウスお兄様よりも強い人かも」

ダンジョンの中に足を踏み入れた瞬間、景色が変わった。

といっても、外から見た入り口と似ているような気がする。ただ広さが見えていた時とは違っていたり、一緒に入ったはずの他の生徒達の姿が見えなかったり。

転移穴《ワープホール》で、それぞれ別の場所に飛ばされたのだろうか？　なんて、中に入ったアデルは思った。

「確か、試験はゴールまで辿り着ければいいって話だったよな？」

アデルは横を一瞥《いちべつ》して口にする。

他の生徒は見えない……が、横にはペアであるルナの姿はあった。加えて言うのであれば、自分達の試験監督であるシャルロットも後ろにいる。

「うん、そうだね。一応魔獣とかモンスターはいないって話だけど……」

「要するに、童心に返って迷路を楽しめってことか？　嫌だねー、別に子供の頃の無邪気な気持ちは捨てていないっていうのに決めつけられちゃってさー」

「私、絵本の読み聞かせが好きだったなぁ」

「可愛《かわい》らしいことで結構」

チラリと、アデルは後ろを見る。

シャルロットは無言を貫き、じっと二人の様子を窺《うかが》っていた。

「ここからは試験監督はノーコメント」

「まぁ、口出ししちゃったら試験になんないもん。ここはフェアに何もしてくれない方がいいなぁ、楽しめるし」

ある意味釘《くぎ》を刺したかのような含みのある言い方。

それを受けて、シャルロットは肩を竦《すく》めるだけで何も言ってこなかった。

かえって不気味な雰囲気ではあるが、とりあえず二人は前へ進むことにする。

「迷路の定石は普通に勘頼りに進むか、壁を伝って進むことだったよな?」

「それだと確実にゴールはできるけど、回り道必至だからあんまりしたくないかな。だって、一応二時間の時間制限があるわけだし」

中がどれぐらい広いのかは分からない。

その状況で、確実さを求めて遠回りをするのは愚策。恐らく、学園側もそういった部分を考慮するだろう。

何せ、ここは実力主義の学園。安牌《あんパイ》を選んでクリアできるなら、実力もクソもないからだ。

「つまりは、定石以外で頑張ってくれってことか——『光《ライト》』」

アデルはそっと指を上に向けた。

すると、手元から明るい小さな光が浮かび上がり、薄暗い洞窟内を照らし始める。

「おぉー、アデルくんは光の魔法も使えるんだ」

「まぁ、初歩ぐらいならな。そっちに関しては間違いなくエレシアに劣るよ。このジャンルだけだったら、俺なんて足元にも及ばない悲しい」

「流石《さすが》は魔法家系の神童ちゃん。ハイスペックぅ～」

「最近はそれだけじゃなくなってきてるし、男の威厳を損ねないか毎日ヒヤヒヤだよ。男が女の子よりも弱かったら目も当てられん」

「んー、そういうもんかなぁ？」

歩きながらルナは首を傾《かし》げる。

別に男が女よりも弱くて悪いわけではない。筋力に多少の差があるかもしれないが、それですべてが決まるなんて単純な数式が成立することはないのだ。

エレシアのように魔法に必要なスペックが最大値《マックス》を超えている場合もあるし、ミルのように剣一本で異性を圧倒できる才能がある場合も然《しか》り。

現に、一学年Sクラスの順位の十位までは女の子の方がより多くを占めていた。

だから、女が男よりも強いなんて別に不思議なことではない。

しかし――

「単純でしょうもない理由だ。俺はいつだってお姫様を助ける白馬の王子様でいたいんだよ――まぁ、ちょっとした男の見栄《みえ》だ」

「……ずっこいなぁ」

「ずっこい？」

頬を薄《う》っすらと染めて、ルナはアデルの背中をポンと叩《たた》いた。

何故《なぜ》？　という疑問が湧くが、先を歩き始めるルナがそれに答えてくれることはなかった。


その代わり――

「満たせ満たせ。私の進路をこの消えぬ炎で」

ルナは腕を真っ直ぐ伸ばして、燃える火の線を前方に引き始めた。

それは先に続く道を止まらず進み、分かれ道に差し掛かるとそのまま枝分かれしていく。

少し時間が経《た》った頃だろうか？　分かれた片方の炎が徐々に消失していった。

「今のは？」

「うん？　いや、迷路だったら行き止まりとかあるでしょ？　道なりに進ませて、壁にぶつかったら消えるようにしたの」

「おー、なるほど」

確かに、それなら行き止まりに当たることなく先を進める。

いちいち魔法を展開しなくてはならないが、無駄に進んで道草を食ってしまうよりかは幾分かマシだ。

恐らく、学園側もこういった「頭を使った」攻略法を望んでいるのだろう。

「ぶっちゃけ、この程度なら魔力の枯渇《こかつ》なんてよっぽど連発しないとならないから。当面はこれで進んでいかない？」

「異議なし。頼もしいパートナーで超嬉《うれ》しい」

「そ、そうかなぁ？」

えへへ、と。憧れの人に褒められたからか、ルナは照れたように頭を掻《か》いた。

アデルは引き続き、周囲を照らしながら炎が敷かれている場所を歩き始める。

（……しかし）

足を進めながら、アデルはふと考える。

（何もないっていうのが、こうも不気味に感じるとはなぁ）

何もないに越したことはない。

ただ、何もなさすぎるのは不気味以外の何物でもなかった。

「…………」

シャルロットは、何も言わない。

その姿が、どこかひっそりと獲物を狩るタイミングを見計らっている肉食獣のように見えた。

定期試験は、毎年内容はほぼ変わらない。

昨年一年生だった現二年生も同じ内容で試験に臨んでいるのだが、学園の規則で『下級生に試験内容を教えてはならない』というものがある。

破れば即退学。この規則がある限り、例年同じ内容だったとしても下級生が試験を知ることはない。

もしこっそりと誰かが教え、それを知って臨んでいると分かった時点で、両者は『不正を働くほど汚い人間』としての汚名を着たまま学園の外でこれからを過ごしていかなければならない。

評判命の貴族社会で、この汚名は致命的。

教える側にメリットがあったとしても、重すぎる罰が故に学園で不正が行われることは過去一度もなかった。

そして、入学一発目の試験合格者は例年一学年全生徒の八割。

ただゴール目指して進んでいくだけなのだが、二割が落ちるほど難易度は困難となっている。

ゴール到達までの平均時間は、学年全体で一時間三十分。

そして、流石はSクラスと言うべきか。

一時間が経過しようとした頃、順位三位《ナンバースリー》であるセレナはペアの女の子を連れてゴールへと無事辿《たど》り着いた。

「おめでとう、試験合格だ」

最深部にある巨大な鏡のような穴。

それが目の前に現れた途端、最後まで沈黙を続けていたユリウスが手を叩きながら称賛した。

「あとは転移穴《ワープホール》を潜って学園に戻るといい。そうすれば、また一ヶ月は楽しい学園生活が送れるよ」

その言葉を受けて、セレナは喜ぶ――わけでもなく、一人眉を顰《ひそ》めた。

(恐ろしいほど、何もなかったでやがりますね)

セレナはルナの派閥に属しており、最初の味方だ。

相手は、番狂わせを起こす懸念《けねん》材料をも見過ごせない性格の持ち主。

そのため、試験監督がユリウスと知った時はかなり警戒していたのだが、蓋を開けてみればダンジョン内にある時間稼ぎ用の罠《わな》以外なんてことはなかった。

「あ、あのっ！　私、サライツ子爵家のサクナと申しますっ！」

「覚えているよ、一昨年《おととし》のパーティーに出席していたよね？」

「覚えてくださったんですか⁉」

一方でもう一人のペアである少女は、ゴールしたと見るや真っ先にユリウスへ話しかけに行った。

第三王子の噂《うわさ》ぐらいは耳にしたことがあるだろうに。それでも近づいたのは、単に王家と関わりを持ちたかったからか。それとも美しい容姿に惹《ひ》かれたか。

いずれにせよ、サクナと名乗る少女を前にしてもユリウスはにこやかな笑みを浮かべるだけで何をすることもなかった。

そのまま一緒に歩き、鏡の前へ立つぐらいには。

「さて、じゃあ戻ろうか。僕も報告しに行かなきゃいけないからね」

先導するように、ユリウスは転移穴《ワープホール》の中へ入っていく。

少女もあとを追うように入り、セレナもまた警戒しながら足を踏み入れていった。

すると、景色は一変。

視界が洞窟のような景色から、入学式の時に見た講堂の中へと移り変わる。

（学園に戻れば、何もできません……）

今から何かをしようとしても、講堂の中には生徒を待つ講師の人間もいた。

先に合格した他の生徒の姿もあり、このような中で揉《も》め事など起こせるわけもない。

ただ、エレシア、アデルとルナの姿が見えないが——何かしようとするユリウスもまた、この空間にいる。

（考えすぎ……？）

セレナは張っていた気を緩め、そっと息を吐いた——

◆◆◆

「考えすぎ、ということはないよ」

ドゴッッッ！！！　と。

激しい衝撃音が背後から唐突に聞こえてきた。

何事かと後ろを振り向けば、そこにいたはずのアデルの姿はなくて。代わりに壁が崩れ落ちたかのような穴が向こうに開いていて。

そして、近くには足を振り抜いたあとのようなモーションをするシャルロットの姿があった。

「えっ……？」

これがどういう状況なのか、ルナは分からなかった。

いきなりの現状。唐突に起こった空白。

何かをしたであろうシャルロットは肩を竦《すく》め、ゆっくりと穴に向かって歩き出す。

「定期試験……それも、こうした課外で行われるものは講師の目が届かないことが多い。その時点で、仕掛けるには持ってこいの環境が整うのさ」

「あなたは、試験監督じゃ……ッ！」

ルナは警戒心を最大限引き上げ、シャルロットから距離を取る。

しかし、シャルロットはそんなルナに興味がないのか、小さく手を上げて足を進めた。

「今の一撃は、少し警戒心が薄れた背後からの不意打ちだったが故に取れたものだ。私の役目は英雄《ヒーロー》の足止め。問答に応える役目は与えられていない」

だから、と。

シャルロットは最後にこう言い残して穴の中へと消えていく。

「そういう問答は、兄妹《きょうだい》でしっかり楽しんでくれ」

ルナは勢いよく反対側を振り向く。

誰かの足音。吹き飛ばされたアデルがいなくなったからこそ明かりが消え。

薄暗い空間から、ゆっくりと誰かが姿を現す。

「な、んで……」

ルナの顔に驚愕《きょうがく》の色が滲《にじ》む。

「なんで、あなたがここにッ⁉」

何せ、そこには——


「やっと兄妹水入らずになったね、ルナ」


——いるはずもない、己《ユリウス》の兄がいたのだから。

どうしてここに兄が？　その疑問が浮かび上がる。

それでも、ルナは咄嗟《とっさ》に距離を取った。ここに現れたのが、決して偶然ではないのだと理解しているが故に。

「悲しいね、せっかく妹に会えたというのにそんな露骨に距離を置かれるなんて……もしかして、これが噂の反抗期かい？」

ルナとは対照的に、ユリウスは肩を竦めるだけで飄々《ひょうひょう》とした態度。

そこに苛立《いらだ》ちを覚えるルナだが、ふと脳裏に己の護衛であるセレナの姿が思い浮かんだ。

「セ、セレナは⁉」

「ん？　あぁ、僕が担当していた君の護衛か」

「答えて！」

「心配しなくても、きっと今頃合格して僕と一緒に学園へ戻っている頃じゃないかな」

意味が分からない。

何せ、今こうして目の前にユリウスが立っているのだから。

学園へ戻っている？　セレナは無事に合格した？　いいや、試験監督が担当している生徒から離れられるわけがない。

離れられるとすれば、きっとセレナに何かがあったあと。

ルナの焦燥がピークに達する。感情に任せて指を向け、魔法の詠唱を準備するぐらいには。

「考えが足りないよ、ルナ。現実的に考えられる範囲では、確かに僕が彼女達をどうにかしてルナに会いに来たって考えるのが妥当。だけど――――」

ユリウスが一気に地を駆ける。

歳《とし》がたった一つしか変わらないなんて信じられないほどの速さ。ルナは威力を捨て無詠唱で撃てる初級の炎を飛ばしていく。

しかし、ユリウスは体を傾けることで避け、ルナの懐《ふところ》まで潜り込んだ。

「兄妹なんだ、僕が保険をかけずに特攻するなんて考えには至ってほしくなかったな」

そして、鋭い拳が鳩尾《みぞおち》へ叩《たた》き込まれる。

「ッ⁉」

「やるなら徹底的に」

ルナの体が何度も地面をバウンドする。

壁に背中が当たる頃には勢いは落ちていたが、代わりに腹部に走る痛みが呼吸を阻害した。

「けほっ、ばッ……⁉」

「この学園に入って退学なんてしようものなら、間違いなく継承権争いはリタイアだ」

継承権争いの評価項目。

様々あるが、支持する人間が多いほど有利。

支持する人間にはメリットやデメリットを計上する人間が大半だが、前提として「勝ち馬に乗れる」というものがある。

もしここで、学園を退学してしまうことになろうものなら「落伍者」と「出来損ない」

のレッテルを貼られ、支持する者は離れていくだろう。

「だから、ここでルナがリタイアしてくれたら助かるんだけどなぁ」

「ッ⁉」

「まぁ、する気がないのは必死に仲間集めをしているところで分かるけど」

一歩、一歩とユリウスが近づいてくる。

それを見て、ルナは一生懸命に頭を回した。

「わ、私が不正を学園側に言えば……」

「証人の数で言ったら僕の方が上になるけど、押し通せる自信があるのなら。今、もう一人の僕は皆の合格を講堂で待っているだろうからね」

ユリウスの発言の真偽がどうかは分からない。

ただ、あまりの余裕っぷりと置かれている状況が嘘《うそ》だとは思わせてくれなくて。

ルナの背中に冷や汗が伝う。

「彼女の魔法は凄《すご》いよ。戦闘に活《い》かせることにも拍手だけど、それ以外の使い道においてもパーフェクトだ」

「…………」

「だからこそ、僕は彼女を大っぴらにはしない。知られたとしても処分する。そもそも、アリバイという一点においてだけはどう足掻《あが》こうが当事者の発言を無意味にさせる」

薄暗い空間。

アデルがいなくなったことで、静けさが広がる。

(どうする?)

ここで逃げるべきか、それともアデルと合流するべきか。

もしアデルと合流するのであれば、間違いなくユリウスを引き連れることになる。

二対二の状況。己の戦闘能力が劣っている以上、間違いなくアデルに負担をかけるだろう。

そうなれば、可能性として二人で一緒にユリウス達に敗北してしまうことがあり得る。

なら、今から走って己だけでもゴールを目指すか? ユリウスの目的はあくまで自分の退学。

ゴールさえしてしまえば退学は免《まぬが》れるし、学園側に守ってもらえる。

そうなった場合、アデルは一人置いていくことになるだろう。

でも、己の慕う英雄《ヒーロー》のことだ……誰であっても一対一の戦いで負けるとは考え難《にく》い。

でも、己のせいで巻き込んでいるにもかかわらず、置いていくのか?

いやいや、己がゴールを目指せばシャルロットも己を逃がさないと引き返して追ってきてくれるかもしれない。

そうすれば、アデルから脅威を引き剝がせる可能性がある。

「でもね、正直不安なんだ。学園を退学したからといって、もしかしたらルナが強力な味方をつけて汚名を返上されるかもしれないから」

しかし、逃げ切れるか？

ゴールまであとどれぐらいあるかも分からない、目的地の場所も分からない現状で、二人から逃げ切れるか？

でも、やっぱり。

己のせいで巻き込んでしまったアデルを危険な目に遭わせたくない。

「残念ながら、学園での殺人はご法度《はっと》だ。人の目も多いし、人の目がない今この場でだってどうしても足がついてしまう可能性がある」

どうする？　どうするどうするどうするどうするどうするどうするどうするどうするどうするどうするどうするどうするどうするどうするどうするどうするどうするどうす――

「まぁ、学園の外に出てしまえばどうにだってなるよね。前は失敗しちゃったけど」

――ルナは急いでその場から背中を向けて走り出した。

何が起こったのか？　そんな疑問がアデルの頭を支配した。

「げほっ、がッ……」

周囲を包む土煙。

久しぶりに味わう痛みが全身を襲い、アデルはよく分からぬままゆっくり体を起こした。

壁三枚分は吹き飛ばされただろうか？　別に油断をしていたわけではない。警戒を怠っていたわけではない。

エレシアやカイン、それこそミルのような相手が何をしてきても反応できるぐらいの警戒心は持っていた。

ただ、顔面に現れた蹴りは想像以上のもので。

アデルは徐々に晴れていく土煙の先をキツく睨《にら》みつける。

すると――

「ふむ……まぁ、手加減をしていたつもりはないが、流石《さすが》にこの程度では一発ＫＯはもらえないか」

艶やかな桃色の髪。

美しくどこか異様な雰囲気を醸《かも》し出す少女がゆっくりと、アデルのいる空間へと足を踏み入れてきた。

その姿を見て、アデルの中でこんがらがっていた疑問が解けたような気がした。

「なんのつもり……って、聞かなくてもいいか」

「落ち着いてくれたようで何より。意外と冷静なんだね」

シャルロットの体が一瞬にしてブレる。

アデルの真横。そこに姿が現れ、咄嗟に向けられた拳を防ぐべく片腕を構えた。

しかし、直後に走るのは反対側の脇腹への激しい痛みであった。

「な、ん……ッ⁉」

そして、そこにいたのはもう一人のシャルロットの姿。

アデルの思考が、いよいよ明確な一瞬の空白を生み出す。

「何が起こっているか分からないだろう？」

「何せ、私が二人もいるんだから」

二人のシャルロットが腰に帯びている剣を抜く。

明確な敵意。アデルは分からぬまま、咄嗟に地面から生み出した蔦《つた》の刃《やいば》を二人へ振るっていった。

だが、所詮は当座凌《しの》ぎ。

二人は跳躍して躱《かわ》すと、一斉に頭上から剣を振り下ろしてきた。

アデルは作った漆黒の剣を頭に掲げ、振り下ろされる剣を迎え撃つ。

その時――

(剣の、重さが一つ……?)

見た目は二つ。

しかし、手にのしかかる重さは剣一つだけの感触であった。

顔に出てしまったのか、シャルロットはその反応を見てアデルと距離を取る。

「気づいたか……まぁ、別に種明かしをしても構わないのだがね」

シャルロットを見据える間、つい瞼《まぶた》を一度閉じてしまう。

その間、何故《なぜ》か桃色の髪を携えた少女の姿は三人に増え、今度は目が開いているにもかかわらず四人へ増える。

どういった原理だ？　と、アデルは頬を引き攣《つ》らせた。

「敵を倒すのに派手さはいらない」

またしても四人の姿がブレる。

消えた……というよりかは、アデルと同じようにただただ持ち前の身体能力を使って速

く動いただけ。

アデルの四方。そこを四人が隙間なく埋めてくる。

「私は何も魔法を使わなくても大人を倒せる。けれど、確実性を求めるのであれば、その潜在能力《ポテンシャル》を最大限に引き出せばいい」

ゴッッッ！！　と。

頭上から重たすぎる一撃が直撃した。

「単純な火と光の魔法の応用だよ。見えるはずの景色を変え、見えないはずのものを生み出す。蜃気楼《しんきろう》に近い現象だろうか？　まぁ、ここでご丁寧な講義など不要だと思うがね」

やけくそ。アデルは己の四方全体に太すぎる幹を出現させる。

まるで外敵から身を守るように。すると、シャルロットの姿はまたしても元の位置へと戻っていった。

「そうだな、ご丁寧な講義なんていらん」

アデルは真《ま》っ直《す》ぐ見据えながら、首の感触を確かめる。

「単に自分の実力を見せびらかしたい承認欲求の行動じゃねぇんだろ？　結局、俺とルナを引き剝がしたいだけ」

「正確に言うと、君の足止め係さ。今合流されると面倒なんだ、雇い主が取り込み中なんでね。安心してほしい点を挙げるとするなら殺意はないこと」

「………」

「不安にさせる点を挙げるとするなら、このままゴールできずに退学になってしまうかもしれないことかな」

いずれにせよ、このまま引き下がってくれる選択肢はなさそうだ。

アデルは苛立《いらだ》ちを滲《にじ》ませたようなため息をつく。

「……試験監督がよくもまぁ。そっちだって、こんなことしてりゃ退学になるんじゃねぇのか？」

「私は別に退学になろうがどうでもいい……金さえ手に入ればね。まぁ、そもそも私がいる時点で退学に関しての保険はかけられているわけだが」

アデルの頭の中に、ふと疑問が湧く。

保険――というのは、なんのことだろうか？　確かに、本来であればこうして妨害している時点で退学といった処分はされるはず。現状をユリウスが計画して起こしているのであれば、彼も試験妨害を含めて退学処置になるだろう。

だからこそ、シャルロットの「保険」というワードが気になる。

しかし――

「君にはなんの恨みもないが……いずれにせよ、私は私の役割を果たさせてもらおう。もちろん、ここで素直に正座待機をしてくれるのであれば色々契約書を交わしたあとに合格だけはさせてあげるがね」

シャルロットは構える。

誰かに習ったような型ではなく、どことなく己で磨き上げたような、見たことのない構え。

アデルはそれを見て、ふと天井を見上げる。

「……どいつもこいつもまぁ、自己中な考え方しやがって」

視線を戻した時――アデルの額には、綺麗《きれい》な青筋が浮かんでいた。

「安直《シンプル》に考えろや」

アデルの腕を黒い蔦と幹が覆っていく。

びっしりと、隙間なく伸びる。やがて完成するのは、剣のような集合体。

「……ははっ」

悪役《ヒール》は思わず乾いた笑いが零《こぼ》れる。

剣を手にしただけで溢《あふ》れる圧倒的威圧感。

かつて、多くの人を救ってきたとされる『黒騎士』の一端。

油断はできない……もしかしたら、自分よりも？　なんてことすら思ってしまう。

そんなシャルロットを余所《よそ》に、英雄《ヒーロー》は、漆黒の剣をその場に突き刺す。

「前を向いて歩く女の子の笑顔を奪おうとしてんじゃねぇよ、ぶっ殺されてぇのか？」

そして、この場に『森の王』たる緑が猛威を曝《さら》け出した。

今ここに、天才《ヒーロー》と天才《ヒール》の相対が始まる。


「エレシアさん」

エレシアが照らし続け、視界良好な洞窟の中。

ゆっくりと歩いていたペアの少女は、ふと横に並ぶエレシアに尋ねた。

「いかがなさいましたか？」

「いかがなさいましたって……その、下に降りなくてもいいんですか？」

エレシア達は一時間が経《た》とうとしている現在、まだダンジョンの中を探索していた。

それはもう、くまなく。まるでどこかに落としてしまったピアスでも探すかのように。

一度見つけた下の階への入り口をもスルーして、ずっとひたすら中を歩いていた。

「ふふっ、滅多に見られない場所ですので探検でもしようかと」

「で、でも……合格するには下に――」

「であれば、先に下に降りてください。流石に私の我儘《わがまま》に付き合わせるわけにはいきません」

少女は何か言おうとしたが、様子を窺《うかが》うようにしてエレシアとは反対方向に歩き出した。

やはり、ペアで行動しろと言われたが合格はしたいのか。

相手を置いて行ってでも合格したい少女は、やがて曲がり角へ姿を消した。

――ペアの消失。

にもかかわらず、ダンジョンに入ってから一度も口を開かず黙々と距離を取ってついてくるカインの姿は、背後にある。

(追いかけはしない、ですか。となると、私が目的なのか……私がここにいることが問題なのか)

ここに至るまで、特にこれといったことはされていない。

てっきり妨害行為でもされるのかと思っていたが、蓋を開ければ何もなし。

普通に試験に臨ませてもらっているような形ではあるが、今の行動である程度目論見《もくろみ》が見え隠れしたような気がした。

(となると、早いうちにご主人様と合流した方がいいかもしれませんね)

そう思っていた時、ふと正面から巨大な岩が転がってきた。

「一人になってしまったが、手助けはした方がいいか？」

「手助けはしないのが上級生なのでは？」

転がってくる岩のことに心配してくれたのか、ようやくカインが口を開く。

しかし、エレシアは特に反応することなく指先から光の一閃を生み出し、岩に向かって振るった。

「流石《さすが》は一学年の順位二位《ナンバーツー》だな。余計な心配だったようだ」

溶けて横に転がる岩を見て、カインは感心したような顔を見せる。

(……そのまま客席で褒めてくれれば楽で気分も上がるのですが)

だが、エレシアは照れることなく先を歩き続ける。

(私がこうしてゴールを目指さずダンジョンの中を歩いているのは、万が一が起こった時……そして、万が一が起こっている時を想定して)

別に「他のペアと合流して共にゴールをするな」などといったルールはない。であれば、諸々《もろもろ》の懸念《けねん》事項を考慮して合流するべき。

ルナを取り巻く環境の問題が解決しておらず、目下の元凶が接触している。

そう考えると、別々に受ける試験とはいえ一緒に行動した方がいいのは間違いない。

もしかしたら、こうして探している間に何か起こっているかもしれないから。

今回の試験は、成績に影響しない。

ゴールにさえ辿《たど》り着けばいいのだ、であれば限界まで探した方が賢明。

エレシアが先程からずっとゴールを目指さないのは、そういった理由だ。

そして――

「そろそろ、か」

ゴッッッ！！！　と、唐突に剣が壁を砕く音がダンジョン内に響いた。

咄嗟《とっさ》に屈《かが》んだエレシアが少し視線を動かせば、そこにはカインが自分の頭上に剣を振り抜いた姿がある。

「……やはり、何か仕掛けていますね」

「よく分かったな」

「確信はありませんでしたよ。とはいえ、こうして直接剣を向けられるとは思っておりませんでしたが」

そこへ光線が少年の顔のすぐ横を通り抜け、カインはすぐさま後ろへ飛び退《の》く。

「……行かせたくない、ということでよろしいですか？　まぁ、言わずともいいとは思いますが」

「なら聞かないでくれ。思わず手加減してしまいたくなる」

エレシアの警戒心が一気に上がる。

ここで後退する気は……ない。ゴールへ向かって講師を呼ぶということは妨害の意思があるから。

何せ、こうして剣を向けてきたということは妨害の意思があるから。

主人に害を及ぼす可能性があるから。

「安心しろ、別に俺は君の主人をどうこうするつもりはない」

その代わり、と。

剣を担《かつ》いで、申し訳なさそうに口にする。

「俺の役割は、あくまで君の足止めだ。悪いが、合流はさせん」

「……いいのですか？　試験監督が手を出せば、退学処分ぐらいなると思いますよ」

「そこに関しては安心しろ。あの王子が無策で強行するわけがないからな、他力本願すぎるが保険はかけてある」

カインは剣を担いだまま上を見上げる。

何もない、ただの天井を――

「それに、仮に退学になろうとも彼女一人を外道にはさせられんよ」

「なら、ぶちのめすまでです。同じ従者であればお気持ちは察してくれますよね？」

――そして、二人が一斉に地を駆けた。

ダンジョンの中で初めて、本格的な戦闘が始まる。

◆◆◆

シャルロットの魔法はアデルと同じく特殊だ。

現象としては蜃気楼《しんきろう》と似ており、実際のところは幻覚や幻聴に近い。

相手の視覚に己の望む造形を映し出し、発言や造形が生み出す音を相手の意識から想像させる。

簡単に言えば今の流れなのだが、無論言うまでもなく構造と理論としては複雑。

シャルロットは、この魔法を十歳の時に編み出した。

そのおかげで戦闘にも応用ができ、アリバイ工作や偽物《にせもの》を作る際には右に出る者はいない。今まで、そうしてユリウスの力になってきた。己ではなく、己以外の誰かの体を相手に見せることによって、己の存在すら隠し続けてきた。

もちろん、魔法という力であるが故に魔力が枯渇《こかつ》してしまえば自《おの》ずと消えてしまう。

必須事項として、まずは「意識を奪われない」こと。

意識さえ続いていれば講堂にいるユリウスの体は消滅しない。

証人が多数おり、いくらアデルやルナがシャルロットの存在を暴露しようが、誰がどっちの話を信じるかなど明白。きっと「退学の悔しさから出た言い訳」程度にしか捉えられない。

（まぁ、この行為が問題視されることはほぼないだろう。

この状況であればメインの二人を担当している私だけは少々アリバイ工作の矛盾消しに苦労するのだが）

だから、己のするべきことは――

（如何《いか》にこの化け物を主人に近づけさせないか、かな）

足元に広がった草木。

そこから幾本もの蔦《つた》が伸び、シャルロットは剣を振り回すことによって切り刻んでいく。

（気絶させるのがベストではあるが、高望みをしていいのか分からないね）

今度はシャルロット相手に巨大な幹が迫り来る。

だが、その幹はシャルロットの体をすり抜け、そのまま奥の壁を破壊して広々とした空間を作り出していた。

何体ものシャルロットが一斉に地を駆ける。直後に鋭利な蔦が横薙《な》ぎに振るわれたが、それぞれの動きをして全員が回避。

アデルの懐《ふところ》に迫った瞬間、空いた胴体へ剣を思い切り振り抜いた。

しかし——

「かっ、た……！」

感触は鈍い。ダイヤモンドにでも当ててしまったかのよう。

植物のはず。それでも、しっかりと防がれた漆黒の剣が今度は己に振るわれた。

(『黒騎士』。あの英雄にまさか剣を向ける日が来るとは……弟達に言ったら怒られそうだ)

シャルロットは剣を握り直す。

そこからは、他のシャルロットを無視しての剣の応酬だ。

一歩も退くことはない。ただただ剣と剣が衝突する音だけがダンジョン内に響き渡る。

そして直後、応戦していたはずのシャルロットの剣がすり抜け、アデルの後頭部へ重たい衝撃が走った。

「……ッ」

「目の前に集中しすぎではないかい？」

シャルロットがやったことは至って単純。

後退している途中に虚像だけを残し、己の姿をアデルの視界から消して無警戒の部位へ剣を振るった。

これだけ。これだけではあるが、アデルと剣を合わせながら行うことがどれだけ難しいか。

息継ぎのタイミング、間合いの測り、加えて魔法の行使速度。

間違いなく、並大抵の人間ができることではない。

これは、間違いなく――

「まさか、俺以外にも魔法剣士がいるとは」

「表現の仕方は各々《おのおの》に任せるよ。私はこっちの方がやりやすいだけにすぎない」

魔法剣士の数が少ないのは、単に魔法を扱える剣士が該当しないから。

魔法も使えて、剣も振るえる。それぐらいであれば、誰にだってできる。

しかし、それはあくまで器用貧乏にすぎない。

剣で歴戦の猛者《きし》に勝てるか？　魔法で研究漬けの魔法士に勝てるか？

つまりは、そういうこと——剣と魔法の両方に特化しており、戦闘において併用できる異端児にのみ、その呼び名が適応される。

「好きに呼ぶといいさ、そもそも名声に興味があればこんな悪役《ヒール》にはなっていないんだから」

アデルが大振りに剣を振るい、虚像や姿を消した己も同時に距離を取る。

その瞬間、姿の見えないはずの己にのみ太い蔦が伸びてきた。

斬られれば居場所が分かってしまう。故に跳躍して距離を取ったが、再び着地した足元から同じように蔦が伸びてきた。

（なるほど、感触で居場所を摑《つか》んできたか）

虚像はあくまで虚像。実体はない。

そのため、触れている場所には重さは乗らず、触れている感触を確かめられるのであれば姿が見えていなかろうが捉えることは可能。

しかし——

「安直、ではあるがね」

シャルロットが指を鳴らす。

それだけで、周囲一帯を紅蓮《ぐれん》の炎が覆った。

この規模を無詠唱――きっと、もし客席があって誰かが観戦していたのであれば、驚かずにはいられなかっただろう。

「植物は火に弱い。燃やしてしまえば、脅威でもなんでもないのではないかな？」

炎の海から太すぎる幹が燃えながらシャルロットへ迫る。

「だが、燃えるだけだろ？」

「しかし、燃えるのだろう？」

シャルロットは軽く剣を振って真っ二つに幹を両断していく。

真っ二つに分かれた幹は壁に当たると、そのまま灰となって崩れ落ちてしまった。

「威力がお粗末」

暗い空間にあった緑が、一瞬にして赤黒く染まっていく。

自然の恩恵たる癒《いや》しが、一瞬にして地獄絵図に変わってしまったかのよう。

（……いける）

燃え盛る中を駆け出し、多くのシャルロットがアデル目掛けて剣を振るっていく。

（いける）

対処はできていない。

多くを繰り出す剣戟《けんげき》の何度かがアデルの体を打ち、炎の影響もあってようやく大剣のところどころに崩れが生じていく。

（いける……倒せる）

本当に誰かがこの光景を見ていれば「信じられない」と口にしたはず。

互いに学生。にもかかわらず、目にも留まらぬ速さで繰り出される剣戟。同時に生み出される強力すぎる魔法。

熟練の大人ですら、きっとこの場の戦闘に参加したところで相手にはならないだろう。

それぐらいにまで、今起こっている光景は異常すぎる。

異端児と異端児。天才をも超える才能を持っているからこそ生み出される戦闘。

しかし、それでも押しているのは間違いなくシャルロットだ。

（足止めではなく、勝利が……！）

それは、シャルロットが一番よく分かっている。

剣を交え、実際に一撃を叩《たた》き込み続けているからこその確信。

「……おい」

そして、この確信が仮初であったことも――

「いい加減にしろ、天才《ヒール》。こっちは、お前の発表会に付き合ってる暇はねぇんだよ」

――直後、シャルロットの体が五枚の壁を越えて地面へと叩きつけられた。

◆◆◆

本来であれば、下級生が上級生と決闘することはほとんどない。

もちろん、部活動や試験の内容によって行うことはあるが、両者にとってあまりメリットがないからだ。

上級生と下級生、両者のどちらかが上の順位の人に勝ったとしても順位の変動はない。

逆に上の順位が下の順位に負けてしまった場合は順位が下がり、他の同学年の順位が繰り上げになるだけ。

アデルとセレナがカインと戦った際は少々事情が特殊だが、故に滅多に上級生と拳を交わすことはないのだ。

だからこそ、エレシアにとっては初めての上級生との相対。

（実力が如何ほどかは分かりませんが）

手加減はなし。

エレシアは指をカインに向けると、無詠唱で指先から光を撃ち出す。

しかし、カインは少しだけ首を捻《ひね》って躱《かわ》した。

「無詠唱とは、今年の一年生は少々レベルが違いすぎではないか？」

「そういう割には余裕で避けてくれますね」

カインが素早く脇腹へと剣を振るう。

一歩下がり、ギリギリのところで剣身を避ける。すると、カインは振り切った剣を地面に突き刺し、すぐさまエレシアの手首を摑んでそのまま鳩尾《みぞおち》に蹴りを叩き込んだ。

「かハッ⁉」

「知っているか？」

エレシアの体が薄暗い端の方まで転がる。

「二学年に上がる頃には、入学した約百人から半分以上が学園を去ることになる。初手の試験では成績にこそ影響しないが、次回からはそうもいかない。決闘で茶番が地獄に変わることもある」

そして、カインは一蹴りでエレシアへ間合いを詰めると、そのまま横薙ぎに剣を振るった。

咄嗟《とっさ》に腕でガードしたエレシア。刃《やいば》はしっかりと魔法の障壁に阻まれている。だが、腕に重たすぎる衝撃が伝わった。

「そのため、二学年のほとんどが粒揃《つぶぞろ》いばかりだ。その中で上位の順位に食い込んでいる人間は言わずもがな」

カインは両腕を組んでガードするエレシアへ二度、三度と剣を振るう。

「だから、俺もそれなりにやるぞ？　そろそろ本気を出したらどうだ、伯爵家の神童」

カインの言葉を受けてエレシアは眉を顰《ひそ》める。

手加減をされていると思われたのだろうか？　エレシアは剣戟を受けながら小さくため息をつく。

「これは客観的に見ても圧《お》されている方だと思うのですが。それに、私が本気で撃てばここが崩れてしまいますので。共倒れという客席も盛り上がらない結果など、私はごめんです」

「だが、このままでは終わるぞ？」

「だからといって、手を抜いているわけではありませんが」

エレシアがカインの剣を蹴って距離を取り、手を叩く。

すると、上空へ無数の光の粒が浮上し始めた。

「光の恩恵を賜りし乙女は平等に祝福を《さあさあ、私の想いの全てを受け取ってください》」

カインの背中に悪寒《おかん》が走る。

せっかく詰めた間合い。それを放棄して、後ろへ反射的に後退した。

その瞬間、光の粒子はカインが寸前までいた場所へと突き刺さる。そこの地面は――

煙を上げて溶けていた。

「……当たればタダでは済まんな」

「降参されますか？」

「まさか」

カインはもう一度地を駆ける。

「君よりもっと厄介で凄《すご》い相手を知っているからな」

背後からはエレシアが浮かばせた球体が降り注ぐ。

圧倒的物量。にもかかわらず、一つ一つが致命的なダメージを与える物体。

「近づかせてほしいものなんだが」

「魔法士の本職は遠距離戦《アウトレンジ》ですよ。そういうアプローチは、他の女の子へどうぞ」

一発でも当たれば、溶けながら肉体を貫通してしまうだろう。

その恐怖がカインを襲う……はずなのだが、何故《なぜ》か怯《ひる》むことはない。

軽口を叩いてはいるが、エレシアはかなり釈然としない思いをしていた。

何せ、降り注ぐ光の雨を的確に避けては距離を詰めてきているのだから。

「あの時の二対一では後れを取ったがな、そこまで自分を弱いとは思わん」

確かに、殺さないように上手《うま》く立ち回っているのは事実。何せ、足止めしたいだけで殺害したいわけではないから。

ただ——

「分かりませんね」

エレシアが指先から光を撃ち出しながら口にする。

「こんなにも堂々とことを起こしておいて、無事で済むのですか？　殺意こそ感じられませんが、明らかに退学並みの妨害でしょう？」

「確かにことは大きいがな、大きいことを周囲が理解しなければなんの意味もない」

カインは身を捻ることで光を回避していく。

「うちの異端児は虚像を作ることに特化している。こうしている間にも、講堂には俺と君達の虚像が皆と一緒にいる——つまりは、すでに合格しているんだ」

「…………」

「だから、ここで不正を訴えたとしても『何を言っているんだ？』と思われるだけ。これが俺達の持っている保険だ」

合格している人間が「私達は妨害されました！」と言っても、信じる者はいない。

何せ、さっきまで一緒にそこにいたのだから。

それに、合格しているのに何故そのようなことを？　と不信感を煽《あお》るだけ。

そのため、カイン達は決して虚像と本人を同じ空間に存在させないよう気を配って戻ればそれでいい。

少数の意見より、嘘《うそ》を信じた多数の意見。

これがまかり通ることを、カイン達は今までの経験で知っていた。

「だから大人しく諦めてくれ、頼む」

懇願に似たような顔をしながら、カインはついにエレシアの懐《ふところ》まで迫り来る。

その瞬間、エレシアは――

「……あなたと同じで、私は特に学園には固執していません」

握り締めた拳に、片手を添えた。

そして、それを広げると――何故か、その間から瞬《また》く光の剣が。

「大事なのは主君の身と行く道だけ」

なんだ、と。カインの脳内に疑問が湧く。

「完成《ギフト》、『光の剣』」

しかし、関係ない。

この距離であれば、魔法を行使されるよりも剣を振るう方が速い。

故に、カインは躊躇《ためら》うことなく迫った勢いそのまま剣を横薙《な》ぎに振るった。

そして、エレシアの剣が防ぐようにして軌道へ置かれる。

「私はアスティア侯爵家で学んだことがあるのですが――」

すると、剣を合わせた瞬間に剣が滑るようにして真っ二つに溶けた。

「案外、騎士というのは相棒《けん》がなくなると、どんな人間でも驚かれてしまうみたいです」

カインは知らない。

この剣が、先程見せた粒子の集合体だということを。

太陽の光は収束すれば多大な熱を生む。虫眼鏡で光を集め、紙に当てると燃えてしまうように。

言わば、エレシアの持っている剣は炎以上の熱を帯びた魔剣。

その効力は――鉄をも溶かすブレードである。

「……は？」

エレシアの言う通り、カインの脳内に一瞬の空白が生まれる。
その瞬間、カインの瞳にエレシアの小さな手が添えられ――
「そして、隙を見せた人間は私のような非力な女の子でも倒せてしまえるのです」
直後、ズヂィッッッッッッ！！　と。
青白い光が頭蓋に走る痛みと同時に、空間一帯に響き渡った。
（……あぁ、そうか）
負けたか、と。
薄れていく視界の中、ふとそんなことを思った。
そして――

『君は悪役《ヒール》側には向いてないよ。何せ、君は優しいんだから』

――何故か最後、脳裏に桃色の髪を携えた美しい少女の姿が浮かび上がった。

崩れ落ちるカインの体。
それを見て、エレシアは踵《きびす》を返した。

「では、行きましょうか。従者であるなら、主人の下に向かうべき……ですよね、カイン様？」

今ここに、人知れず行われた従者達の戦闘が幕を下ろす。

またしても下級生が白星を上げるという、番狂わせによって。

◆◆◆

ルナ・カーボンはそこまで『弱い』存在ではないというのは、先に伝えておく。

それこそ、順位に縛られた学園の中で八位に食い込むほどには実力に長《た》けている。

もちろん、アデルや護衛であるセレナには劣るものの、魔法士としては同年代よりも飛び抜けていた。

あの魔法家系の神童とも呼ばれたエレシアと比べられると苦笑いしかないのだが、それでも。

それでも、王族の名に恥じない程度には秀才の域であった。

しかし――

「この程度かい？」

飛び出る土の槍《やり》。
それを一瞬で打ち砕いてみせたのは――自分の兄。
ルナはその光景に唇を噛《か》み締め、走りながら小さく詠唱する。
「土の恩恵よ、彼《か》の者に鋭利な裁きを……ッ！」
ユリウスの周囲を、またしても土の槍が覆う。
射出に躊躇いはない。すぐさまユリウスへ全てが向けられるが、瞬《まばた》き一つしている間に
ユリウスは握っていた剣で砕いてしまった。
「二流も二流。別に凡才っていうわけではないんだけど……」
ユリウスの姿がブレる。
今までの勘が働いたのか、咄嗟《とっさ》に走ることをやめて体を丸める。
すると、レディーに対して容赦のない一振りがルナの胴体を襲った。
「やっぱり、僕の妹としては失格だね」
華奢《きゃしゃ》な体が地面を転がる。
ルナは痛みに顔に苦悶《くもん》を浮かべながらも、起き上がってすぐに駆け出した。
（ふざけてる！　やっぱり、差がありすぎ……ッ！）
ユリウス・カーボン。

王族の中で最も戦闘に特化した才覚者。

『剣聖の再来』と呼ばれるほど剣術の才に恵まれ、身体能力《フィジカル》は同年代だけでなく大人をも圧倒できるほど。

その実力は風評だけでなく、ルナは今まで何度も目《ま》の当たりにしてきた。

だからこそ、改めて——ふざけるな、と。悪態をついてしまう。

（もうっ、なんで誰とも出会わないの！　Ｓクラス、優秀すぎ！）

事情を知らない第三者と出会えれば、証人が増えるのに。

それでも、何故か誰とも出会わない。もうとっくにクリアしているか、これもユリウス達が何かをしたのか。

まだ迷惑をかけたくないアデルやエレシアと出会わないのは僥倖《ぎょうこう》だが、何も要素がないのは厳しいものがある。

故に、ルナは危機感を覚えながら引き続きゴールを目指す。

「上の兄姉達は役に立たない」

ルナは脇にあった地下への階段に飛び込んだ。

その瞬間、先程までいた場所に振り下ろされた剣が突き刺さる。

「一番上の兄は権力に酔いしれ、二番目の兄は勉学の虫。姉の方は幾分か国のことを考えているようだが、それでも所詮はレディーの中での話だ。行動力が伴わないし、起こそうと考えても実際にはしないだろう」

階段を転がるように落ちるルナへ、ユリウスは視線を向ける。

「逆に、ルナはもったいない。特段他の兄姉達よりも才能があるわけではないが、行動力がある。もっと早く産まれていたのであれば、もう少し派閥の仲間も増えていただろう」

カツン、と。ユリウスの足音がダンジョンの中に響き渡る。

それが死神の足音だというのを、ルナは知っている。故に、会話をすることなく一目散に下の階のダンジョンへ駆け出した。

「だからね、ある意味ルナの方が僕にとっては恐ろしいんだ。上ばっかり見ていると、足元に石が落ちていても気づかないからね。早々に道を整備しておきたいんだ」

背中を向けた、その一瞬でルナの脇腹へユリウスの蹴りが突き刺さる。

「〜〜〜ッ!?」

「僕は上を行く、国をもっと躍進させるために」

地面を転がる。それも中々止まらない勢いで。

距離が離れたことで、ルナは少しだけ安心する——まだ逃げられる、と。

そんな妹の心情などどうでもいいのか、ユリウスは懐から取り出した時計で時間を確認して、そのまま懐にしまう。

「そ、そのためなら家族も殺すって……？」

ルナは咳《せ》き込みながら、ようやく口を開いた。

「綺麗事《きれいごと》でも述べるかい？」

「……越えちゃいけない一線ってものがあるじゃん」

「必要な犠牲かどうかは、結果を見て判断すればいい」

ルナは無詠唱で土の礫《つぶて》を手のひらから飛ばす。

しかし、ユリウスは難なく剣で弾《はじ》き飛ばした。

「やるなら徹底的に。わずかな汚れも許さない。殺す殺さないが問題じゃなくて、確実性がそこにあるだけ。自分が非道でクソ野郎っていうのはもちろん自覚しているさ」

それでも、やる。

理解していてもなお、この道を進むことに躊躇いはない。

野心家――――それも、典型的なイカレ野郎。

もしも、ここで自分がユリウスに倒され気を失ってしまおうものなら、間違いなく退学にさせられるだろう。

何故《なぜ》、今の行動がバレないのかは知らないが、この余裕が嘘ではないというのを教えてくれている。

そして、ここで己が負けてしまえば――――学園の外で己がどうなるのか分からない。

ふと、以前に街の外で死にかけた事件が脳内に蘇《よみがえ》る。

それは、憶測でしかないが身内の兄が用意したもので――――

(…………ぁ)

ルナは立ち上がろうとした瞬間、足に力が入らないのを理解した。

少し前に死にかけた事件がフラッシュバックしたのか、今までのダメージが表れたのか。

ルナは一生懸命に、子鹿のように震える足を、動かない機械を動かそうとするかのように、何度も叩《たた》いた。

「……動いて」

「終わりだね」

「動いてよぉおおおおおおおおおおおおおおおおっ！！！」

このままじゃ負ける。

負けて、退学して、皆と別れてしまって……死ぬかもしれない。

その恐怖が、何度も必死に足を叩くルナの瞳から大量の涙を生ませた。

「鬼ごっこは、これにて閉幕《エンドロール》」

ユリウスがゆっくりと剣を携えて近づく。

そして――

「それじゃ、凡才な妹《ルナ》……覚悟を」

――天井から瓦礫《がれき》が降ってきた。

「ん？」

ユリウスは反射的に頭上を見上げる。

瓦礫が落ちてきたのは、己とルナとの間。

まるで天井が砕き抜かれたかのように降ってきた瓦礫の中……ふと、知り合いに似たような少女の姿もあった。

少女は瓦礫と一緒に地面へ叩きつけられ、ユリウスは思わず口を開く。

「シャルロット……どうしてここに？」

「そんなの、決まっているだろう……ッ!?」

言いかけた瞬間、シャルロットは咄嗟に起き上がってユリウスの下まで跳んだ。

その姿は、まるで何かから逃げているよう。

次の瞬間、開いた穴から黒と緑に染められた数体の巨大な騎士の剣が地面へ突き刺さった。

「……よかった、間に合った」


遅れて現れたのは、一人の少年。

その少年は漆黒の禍々《まがまが》しい剣を握っており。

ルナを庇《かば》うようにして、ユリウスの前へと立ちはだかる。

「ア、アデルくん……！」

現れた背中を見て、ルナは思わず声を上げる。

迷惑をかけたくなかったのに。やっぱり傷ついてほしくないと、そう思って逃げていたのに。

それでも、嬉《うれ》しく思ってしまうのは。

きっと、この背中がかつて――

「あとは任せろ、姫さん。だからもう泣き止《や》め」

――泣いている己を助けてくれた、大きな背中だったからだろう。

『黒騎士』。

噂《うわさ》の通り、誰かの悲劇《ピンチ》に颯爽《さっそう》と英雄《ヒーロー》は姿を現した。

「さぁ、戦《や》ろうか元凶《クズども》。姫を守るのが騎士の役目なんだ、くだらん自己中並《ごたく》べて纏《まと》めてかかってこい」

今日もまた、ヒーローは誰かのために拳を握る。

◆◆◆

アデルがここに現れたのは、決して偶然ではない。

シャルロットと戦闘をしている最中、地面に根を伸ばして音を確認していた。

根は相手に気づかれないよう、シャルロットと相対する前……地面に剣を突き刺した瞬間に埋めている。

もしも何かが起こっているのであれば、激しい足音や魔法といった衝撃が伝うはず。他の生徒の可能性もあったが、きっと本気で戦っているのであれば震動の度合いは違う。

そうして感じ取っていき、シャルロットと戦闘をしながら——ここまで至る。

「ア、アデルくん……」

ボロボロと、瞳から涙を流しているルナ。

端麗な顔はくしゃくしゃになっており、艶やかな綺麗《きれい》な金髪は土で汚れている。

アデルは後ろを振り返って近づくと、ルナの目元を軽く指で拭った。

「泣くなって、な？　俺、誰かが泣いてるところ見るの、あんまり好きじゃねぇんだ」

「で、でも……わたっ、私……アデルくんを、危険な目に……」

「こんなの、別に危ない範疇《はんちゅう》に入らないって」

というより、と。

アデルは小さく口元を綻ばせた。

「前にもこんなことあったよな、今ちゃんと思い出したよ」

「ッ⁉」

この状況に似つかわしくない優しい声音と言葉が、ルナの胸を激しく打った。

まさか、覚えていてくれたなんて。

自分はあなたに助けられたんだよ？　と、出会った時から言いたかった。

それでも、きっと自分は『黒騎士』というヒーローにとっては多くの中の一人でしかないと思ったから言えなかった。

なのに、覚えていてくれた。

そして、今——

「あの時と同じ」

アデルは立ち上がって、いつぞや向けてくれた安心する背中を見せてくれた。

「安心して守られろ。最後は絶対に笑わせてやる」

そう言って、アデルはゆっくりと二人へ向かって歩き出した。

対面にいるユリウスは剣を軽い調子でゆっくりと揺らしており、横にいるシャルロットは荒れた息を整えている。

「終わったかい？」

「ご丁寧に待っててくれたのか？」

「そりゃ、英雄《ヒーロー》のお出ましだからね……って、言えればよかったんだけど、生憎《あいにく》とうちのパートナーの息が荒れていたからさ」

要するに、時間を稼いで少しでもコンディションを整えたかったということだろう。

アデルはユリウスの反応に少しだけ眉を顰《ひそ》める。

「そもそも、どんな手を使ったんだい？　シャルロットの息が荒れているところなんて初めて見たよ」

「……そうかな、金さえ払ってくればシャトルランでもやってみせるが」

「じゃあ、今度お願いしようかな。ついでにカインも一緒に体力作りでもやらせよう」

なんとも緊張感のない会話。

いや、どちらかというとユリウスに危機感がないのか。

シャルロットは軽口を叩きながらも、アデルから視線を外さない。警戒心は曝《さら》け出したまま、すぐに対応できるように。

それを、もちろん主人であるユリウスは感じ取っている――

「まぁ、彼が僕達の思うように沈んでくれたあとの話、にはなるけどね」

近づいていたアデルの足が、ようやく止まる。

両者の距離は、ざっと五メートル。駆け出せばすぐに間合いが詰まりそうな距離。

そして、アデルの背後には何体もの巨大な緑の騎士達が並ぶ。

「……どうして」

「ん？」

「お前らは、普通に生きている女の子の邪魔をする？　それも、ルナはお前の家族だろ？」

相手は家族。

それなのに、退学へ追い込もうとしている。

ルナが傷つけられているのは、ボロボロになって汚れている制服を見れば一目瞭然。

額に青筋が浮かんでいるアデルを見て、ユリウスは肩を竦《すく》めた。

そして――

「僕の野心のため」

――アデルの眼前に、突如剣が振るわれた。

「…………」

それをアデルは即座に剣を合わせることによって躱《かわ》す。

しかし、一瞬にして目の前に現れたユリウスはそのまま剣を振るっていった。

目にも留まらない速さ。加えて、流れるように見せる剣戟《けんげき》。相手がどう動き、どう振るえば崩せるのかを理解し、ミスを誘発させる剣術。

流石《さすが》は『剣聖の再来』と呼ばれる男。間違いなく、以前見たカインとは剣筋もスピードも桁が違う。

傍《そば》で見ているルナは、思わず息を呑《の》んでしまった――それらを難なく受け流すアデルに。

「へぇ、やるとは思っていたけど、まさか余裕で僕の剣を受けるなんて」

「俺がどこの家の出か忘れたのか？」

「知っているよ、騎士家系。あと、恥さらしだって言われていることもね」

アデルが剣を合わせながら視線を横に向ける。

すると、そこにはいつの間にか現れたシャルロットが剣を振り抜こうとしていた。

「学ばねぇな、お前も」

「まだ負けたわけではないからねッ！」

しかし、その途中で背後の騎士達が動き出す。

シャルロットは視界に動き出しを捉えると、肉食獣から怯《おび》えて逃げるように元居た場所へと戻っていった。

それが、剣を打ち合っていたユリウスに違和感を生ませる。

「シャルロット……？」

「余所見《よそみ》か？」

視線を外した一瞬。

そこへ、アデルは剣ではなく素早い蹴りを叩《たた》き込む。

ユリウスは咄嗟《とっさ》に剣でガードしたが、あまりの威力にそのまま後退していった。

下がったユリウスが、手の感触を確かめるために手を握ったり開いたりする。

アデルは、そんなユリウスへ――

「……さっきから苛立《いらだ》ってばっかなんだ」

「なんで？」

「お前の行動に」

アデルは剣を突き立て、怒気を滲《にじ》ませたまま口を開く。

「家族だろ？　妹だろ？　人間だろ？　てめぇの自己中になんで他人を巻き込む？　平和のため、国のためにって大層な戯言《たわごと》を吐くためか？　言っておくが、どんな御託を並べてもチープな我儘《わがまま》にしか聞こえねぇぞ」

「別に、他人に納得してほしいからやっているわけじゃないさ」

ユリウスはアデルの怒気を受けても、平然と立つ。

「僕は僕が目指した頂へ足を踏み入れる。妥協なんていらない、他人なんか慮《おもんぱか》らない。無能な兄達の下につくなんて真っ平ごめんだ……僕は僕。上に立つ者としての全てを手に入れたい。金も、地位も、名誉も、部下も、国民も、全てを」

そのためであれば、なんでもする。

たとえ過程に妹の笑顔があったとしても、容赦なく進み続ける。

そういう男。

ユリウス・カーボンとは、そういった男であった。

だからこそ――

「……はぁ」

アデルはため息をつく。

そして、アデルは徐《おもむろ》に剣を抜いて切っ先をユリウスへ向けた。

「お前も」

今度はシャルロットへ。

「お前も」

アデルは確かな怒気を滲ませてもう一度剣を地面へ突き刺した。

瞬間、訪れる。

アデルの腕に巻かれていた漆黒の蔦《つた》が顔にまで登り、顔の半分を覆い尽す。

甲冑《かっちゅう》、とまではいかないかもしれない。しかし、それでも剣を握っている腕から肩、顔半分まで覆った蔦は、不気味なほど『騎士』という言葉がよく似合った。

異質、異様。

ただ纏《まと》っただけだというのに、アデルを中心に圧迫されそうなほどの雰囲気《オーラ》が醸《かも》し出された。

「いっぺん、地獄に落ちて人生やり直して来い。落ちるのが怖いなら、俺が突き落としてやるよ」

「やれるもんなら」

そこから始まるのは――

「ここからは本気で相手してやる。今から迎えるのは、圧倒的な蹂躙《じゅうりん》だ」

――二対一。

数的不利な状況での最終局面《クライマックス》だ。


（……シャルロットが、後退した？）

違和感。

己の中で、最も実力を持つ少女の弱腰。そこから己の認知との齟齬《そご》が生まれる。

とはいえ、この空間に眼前に現れた脅威。

全身を黒い甲冑で覆った少年と、まるで率いるように現れている騎士。

体は自分達の二倍は優に超えており、目を凝らせばその騎士が全て植物で作られているのだと分かる。

（違和感はある……けど、納得もできる）

乱入戦で見せた時とはどこか雰囲気が違う。

見たことがある魔法であっても、異様な雰囲気がアデルから醸し出されている。

剣を交わし、受け切られた時から、それは感じ取れた。

「どうした？」

少年は一歩、前へ踏み込む。

そして、嘲笑《あざわら》うように中指を突き立てた。

「もう一回来ねぇのか、二対一のスペシャルタイムだぞ？」

動いたのはユリウスとシャルロット。

同時に地を駆け、確実な一撃を叩き込むために距離を詰める。

だが、二人の前に立ち塞がるのはアデルの生成したであろう騎士達。

巨大な剣を振り上げ、図体《ずうたい》とリーチだけで逃げ道を確実に塞ぎにくる。とはいえ、大振り。ユリウスは足元に滑り込んで回避すると再び地を駆けた。

今度は真横から。別の騎士の剣が振るわれてくる。

だが、その剣はユリウスの胴体をすり抜けていき——

「二対一、それでも勝つつもりかい？」

実際のところ、ユリウスは足元から抜けた時点でもう一体の足元へ再度滑り込んでいた。

真《ま》っ直《す》ぐ向かってきているユリウスは、シャルロットが生み出した虚像。

そして、それはシャルロットの方も同じなのか、騎士が真上から振り下ろした剣も少女の体をすり抜けていく。

では、本体はどこに行ったのか？

……そんなの、姿を消して懐《ふところ》に潜っているに決まっている。

「逆にこれぐらいハンデがねぇと、その不遜を叩き折れねぇだろうが、あァ？」

直後、アデルの腕が肥大化する。

人の腕の三倍ぐらいの大きさ。もちろん、比喩であって実際にアデルの腕が膨れ上がっているわけではない。

肥大しているのは、アデルの剣を握っていた腕に巻かれた蔦。

それを、アデルは身を捻《ひね》ることによって振り回していった。

（む、ちゃくちゃだね……ッ！）

懐に潜っていたユリウスは咄嗟に剣で受け止めるが、踏ん張っているにもかかわらず勢いはそのまま壁際《かべぎわ》まで到達する。

「油断するなよ、主人……」

姿を見せたシャルロットが、頬を引き攣《つ》らせたまま横目で訴えてくる。

「君が足止めを任せてきた男……まだ本気ではないみたいだからね！」

まさか、シャルロットがここまで言うとは。

完璧主義で徹底主義。それ故に、元より油断はしていないが……正直、納得はしているはずなのに未《いま》だ違和感が拭い切れていない。

（……あぁ、そうか）

迫る黒緑の騎士の首を斬り、ユリウスは違和感の正体に気づく。

（イメージと現実に齟齬があるのか）

正直、ユリウスは己が強いというのを自覚している。

同年代だけでなく、大人と相対しても勝ちをもぎ取れると思えるほどに。

そして、そんな己が素直に「自分より強い」と思えるシャルロットとペアを組んで、負ける未来《イメージ》が見えないのだ。

虚像を生み出し、相手の視界から己の姿を消して懐へ潜り込む。

抜きん出た近接戦闘能力や、無詠唱で扱うシャルロットの魔法を合わせれば、負けることなど考えられない。

だからこそ――――シャルロットの顔に焦《あせ》りが滲んでいる現状が違和感なのだ。

(現に、この騎士だけでは後れを取るような事態にはならない……)

カインは一撃で沈められてしまったが、先程から剣を振るって相対していても後れを取っていない。

確かに、斬った騎士の代わりに新たな騎士が生えてきている。どこまで生み出せるのかは不明とはいえ、何体増えたところで盤面が変わるとは思えなかった。パワーこそあれど、巨体が故にモーションが大きい。並の生徒であれば沈むかもしれないが、己には隙にしか見えないほど。

現に、視界の端に映るシャルロットも巨体を燃やして的確に潰している。

だから、何の問題も――――

「ないわけねぇだろうが」

――――アデルの伸びた巨剣がユリウスの脇腹に突き刺さる。

「ッ!?」

「そこだろ、本体」

ユリウスの体が地面を転がる。

久しく味わっていなかった床の感触。ユリウスはすぐさま起き上がるが、あまりの威力に咳《せ》き込んでしまう。

「そいつの魔法は厄介だが、打ち合っている姿を見つければ本体だと分かる。ようやく目も慣れてきた」

虚像はあくまで虚像。

本体をどうにかしているわけではなく、カモフラージュ。

一時、広げた森の感触で実体を割り出していたが、それだとシャルロットの魔法によって焼き切られてしまう。

威力がお粗末になる。

であれば、自分が直接向かえばいい――

（かといって、それを実戦一発目で慣らすとは……！）

二対一という状況。

加えて、己もシャルロットもそれなりどころではない実力の持ち主だ。

そんな中で、実体を見つけた瞬間に反射的に攻撃できるなどと、普通誰が思うだろうか？

「シャルロット！」

「分かっている！」

　ユリウスの体が消える。

　実体が浮かんだ瞬間に対応されるのであれば、そもそもずっと隠してしまえばいい。

　安直ではあるが、対応はされないはず。

　足元に森は広がっていない。であれば、感触で確かめるという方法はない。

　ユリウスは剣を握り締め、一回の跳躍でアデルの懐へと潜り込んだ。

　並の生徒や大人であれば、この一瞬だけで勝負は終わっていただろう。仮に対応できる目を持っていたとしても、姿が見えなければ意味がない。

　現に、アデルの視線は己とは違う方向を向いており、気づいている様子は――

「ば、馬鹿野郎っ！　不用意に近づくな、私が追い詰められたのは獣だぞッ！」

　シャルロットの言葉が響き渡る。

　何を言っているんだ、と。ユリウスの脳内に疑問が湧き上がった。

　気づいていないのに、何を追い詰められる要素があるのだろうか？

　仮に気づいていたとしても、この間合い。乱入戦で見せた植物達が襲いかかったとしても反応できる。剣で対応されようとも打ち合えばいい。

なのに近づくな？　あのシャルロットが追い詰められる？　意味が分からない。それでも、ユリウスは全力で剣を振るう。

「少し当たり前の話をするが……」

ガギッッッ！！　と。

その剣は腕に浮かび上がった牙によって防がれた。

「んなっ!?」

「家族は大事にするもんだろ。なに傷つけるために本気になってんだ」

己が振るっていた剣の先。アデルの腕の一部から、不気味な口が出現している。

その口は徐々に突出していき、肥大化を始める。

声が何も出てこない。

何せ、その肥大は徐々にダンジョンを埋めるほどの大きさで獣の形を作っていき――

「完成《ギフト》、『緑の獣』」

「gyaaaaaaaaaaaaaaaaaaaaaaaaaaaaaaaaaaaaaaaaaaaaa!!!!!!」

――雄叫《おたけ》びが、ダンジョン内に響き渡った。

そして、黒く染まった植物の獣の腕がユリウスの体を容赦なく吹き飛ばす。

「ばッ⁉」

バウンドはしない。

そのまま。本当にそのまま、ノーバウンドでユリウスの体は壁を突き破り、さらに奥の壁へと叩《たた》きつけられた。

意識は……一瞬で刈り取られる。

「くそッ……！」

起き上がる様子もなくなったユリウスに、シャルロットは舌打ちを見せる。

「……さて」

ユリウスの吹き飛ばされた先へ顔を向けることなく。

アデルの視線が、シャルロットへと注がれる。

それを受けたシャルロットは、思わず息を吞《の》んでしまった。

「ラスト一人。さっさと茶番を終わらせてもらうが、構わねぇだろ……主人を失った天才《ペット》？」

シャルロットはこの時初めて——心底本気の恐怖を覚えていた。

目の前の人間の脅威は言わずもがな。力量の差も言わずもがな。

ただ、違う。

それだけであれば、別に『恐怖』という言葉がこんなにも濃くはなかった。

正直な話をする。

別に、己は学園を退学になっても構わないと思っている。

牢屋《ろうや》にぶち込まれてもいい。最悪、処刑台の上に立たされて首を刎《は》ねられたっていい。

――――家族が救えるのであれば。

自分の大好きな家族が、今までみたいに笑って生きてくれさえすれば己の身などどうだっていいのだ。

だが、今この現状は……己の身だけではなく、己の身以外も不利な状況に立たされている。

もちろん、想像はしていた。

こういう可能性があり、そうなった場合どうすればいいのかを。

ただ、それはあくまでも想定の話であって。

実際にこうなってしまうとは、想定もしていなかった――――

さて、話は戻る。

ここで己が負けた場合、全ての企ては露呈してしまう。

そうすればユリウスの立場は一気に沈み、王族というアドバンテージすら失ってしまうだろう。

つまるところ……もう金が稼げなくなる。クライアントが地に落ちれば、己だけでなく家族をも道連れだ。

それが、シャルロットの本当の意味での恐怖。

実感が強まってしまったが故の――

「クソがァァアアアアアアアアアアアアアアアアアアアアアアアアアアアアッツッ！！！」

シャルロットは叫ぶ。

それと同時に、己の身をも焦がしそうな灼熱《しゃくねつ》が一帯へと広がっていった。

（まだ、足りない……ッ！）

生かし続けるための治療費。

完治させるための神官、薬草の購入費や人件費。

何人かは救えたものの、まだ全員ではない。

（まだ足りないッツッ！！！）

共闘者は己よりも弱いが、仮にも二学年の順位一位《ナンバーワン》。

二人がかりで相手にすれば、苦戦をしても敗北するとは思っていなかった。

敗北はしていない。

己が気を保っている間は、掛けた保険が消え失《う》せることなどない。

もちろん、逃げるという選択肢もあった。

まぁ、相手が逃がしてくれるとは思えないのだが――

「出し惜しみはなしだッ！」

ダンジョン内が灼熱に染まる中、シャルロットは何十人もの己を生み出す。

見分けなどつかない。傍《そば》で見ているルナは、思わぬ光景に息を呑んでいた。

ただ、一人だけ。

黒い大剣を握る少年だけは、火に包まれ始めた騎士と獣を引き連れて悠々と立つ。

「お前、さっき『金さえ手に入れば』って言ったよな」

アデルは真《ま》っ直《す》ぐにシャルロットを見据える。

「手に入れて何を買う？　女の子の笑顔を奪って、何がほしい？」

「家族」

苛立《いらだ》ちを含めた質問に、シャルロットは即答で返した。

「君達貴族には分からないだろう……平民の、それも孤児出身の人間には貴族が楽をして手に入るものが手に入らない」

「…………………」

「真っ当に生きて手に入るか？　あぁ、もちろん考えたさ。この才能を使って傭兵《ようへい》をやって騎士団に入って魔法士団に入って。それでも、一生で稼ぐ金は貴族が一年を待てば手に入るぐらいだけ」

戦争で武勲を挙げたとしても、爵位や報奨を賜ったとしても、貴族の生活の足元にも及ばない。

無論、決して低い額ではない。場合によっては、一生働かなくとも済む額が手に入ることだってあるだろう。

ただ、足りなくて。一生懸命地道に働いていると時間が足りなくて。

一刻も早く、家族を笑顔にしてあげたくて。

「褒められた行いではないのは重々分かっている。私のことを心配してくれた男もいた……だが、それでも！　外道に堕《お》ちたとしてもッ！」

シャルロット達は一斉に地を駆ける。

それぞれ方向を変えて、違う動きを見せて、決して本体を悟られないよう立ち回り始めた。

燃えていく騎士が剣を振るう。けれども本体には当たらなくて。

「私は家族を助ける。そのための手綱は、手放せないッッッ！！」

代わりに、獣がもう一度吠《ほ》えた。

その瞬間、周囲にいた虚像は掻《か》き消えてしまい、何十体もいたはずの景色が寂しいものとなる。

だが、そんなのここに来るまでに分かっていたこと。

シャルロットは姿を消したまま、アデルの懐《ふところ》から剣を振るう。

しかし――

「違うだろ」

ガキッッッ！！　と。

アデルの剣が、見えないはずのシャルロットの剣を受け止めた。

「なッ⁉」

「そうじゃねえだろ」

何故《なぜ》、受け止められた？

今まで硬すぎる蔦《つた》に弾《はじ》かれたことはあったが、防がれることはなかった。

一体どうして分かったというのだ？　その疑問の最中、アデルは的確にシャルロットに向けて剣を振るう。

「心配してくれた相手がいるんだろ？　なら、プライドも立場も全部かなぐり捨ててまずは相談するのが普通だろうが。阿呆《あほう》な結論を出して突っ走る前に」

「綺麗事《きれいごと》かい⁉　そんなの、一時は考えたさ！　だが、縋《すが》ったところで意味がないというのは聞く前から分かっているッ！」

見えないはずの相手。一見してみれば、アデルがただただ素振りをしているように見えるだろう。

「……ははッ！　綺麗事を吐けるのは綺麗な環境で育った人間だけだ！　あれかい？　最後には『家族はそんなことを望んでいない』とでも言うつもりかい⁉」

「言うさ、いくらでも……家族想《おも》いな子がどうしようもなく真っ黒に染まったんだからな」

「私だって、シスター達がそんなことを言うのは分かっているさ！」

苛立ち。指摘されたことへの憤慨。

シャルロットは歯を食いしばり、しまいには己の魔法すらも解いて叫んだ。

「どうしろと⁉　悪彩病《あくさいびょう》にかかった家族に神に祈りながら付きっきりで看病をしろと⁉　どうにもならないと分かっているのに、涙を流しながら真っ当に生きろと⁉」

力任せの一撃が続く。

そこに繊細さなどなく、ユリウスより鋭かったはずの剣が鈍さを見せていく。

「分かっているさ、私とて！　今までの所業が……あの女の子を傷つけて手に入れた金がクソだということを！　クズでクソな私が、一番よく分かっているッッッ！！！」

それでも、と。

シャルロットは久しく流した涙を携えながら、感情のままに叫んだ。

「外道に堕ちたとしても家族を救いたいんだ！　それ以外に方法があるなら教えてみろ理想主義者《ヒーロー》ッッッ！！！」

最後、本当に最後。

シャルロットは持ちうる才能の全てを、この一振りに込めた。

そして――


「俺に頼ればいい」


ガシッ、と。アデルは片手で摑《つか》み取った。

「出会った時……初めから俺に『助けて』って言えばよかったんだ。誰がどんな事情を抱えていようと、『黒騎士《おれ》』はこれまでずっとそのために拳を握っていたんだから」
その言葉の通り、アデルは剣を捨てて拳を握っていた。
シャルロットの脳内に「回避」という二文字が浮かび上がる。
そのまま魔法を撃ち込むか、はたまた剣を捨てて距離を取るか。
最悪の想定。己の退学度外視で逃走し、保険だけは生かす。
冷静に考えれば、最重要事項はここ。
だが、何故か……体が動かなかった。
(……あぁ)
目の前には、誰かを守るために拳を握る少年。
後ろにはボロボロの体で心配そうに見守っている女の子の姿。
それを見て、ふと思ってしまった。
(ほんと、クソみたいな女だな……私は)
この瞬間、シャルロットの耳に鈍い音が届き、意識が暗転する。
崩れ落ちる、桃色の髪を携えた少女の体。
アデルはシャルロットの姿を見て——
「流行病《はやりやまい》、悪彩病……だったか？　確か、あれは……」

足元からゆっくりと、青白い花が出現する。

ここら辺では滅多に見られない植物。どこか色鮮やかに発光しており、異彩さを放っていた。

アデルは何十本か同じものを生み出すと、摘んでそっとシャルロットの胸元へと置いた。

「……これでいいだろ、他人ばかが偉そうに綺麗事を吐かせてもらった詫《わ》びは」

天才《ヒール》と天才《ヒーロー》。

黒い甲冑《かっちゅう》を解いて背中を向けた瞬間、最終局面《クライマックス》は英雄《ヒーロー》の勝利で幕を下ろした。

◆◆◆

静まり返ったダンジョン内。そこへ、アデルの地を踏む音が響き渡る。

それに続き、木々が燃える乾いた音も聞こえ、あまりの惨状にアデルは思わず頬を引き攣《つ》らせてしまう。

（随分と派手にやったなぁ）

今でこそある程度が燃え尽き、小さな火がところどころに見えているだけ。

真っ赤に燃え染まっていた騎士は炭になり、巨大な獣はアデルが消失させた。

これほどの被害。もしも、これがダンジョンの中ではなく地上で行っていたらどうなっていたことか？

(強かったな……第三王子はそれこそアスティア家でも通用するし、シャルロットに至ってはうちの兄妹《きょうだい》を普通に抜いている)

基準が騎士家系の面々なのは、アデルがまだ一般的な世間の実力を知らないからだろう。

それでも「強かった」というのだけは分かっており。

ふと、地面に崩れるシャルロットを一瞥《いちべつ》――

「アデルくんっ！」

――しようとしていた時、ふと胸元に確かな感触が襲い掛かった。

何事かと前を向くと、少し下げた視線の先には美しい女の子が己に抱き着いている姿が。

「あ、あの……だ、大丈夫⁉　どこも怪我《けが》してない⁉」

ぺたぺたと、胸元に飛び込んできたルナはアデルの体を触っていく。

シャルロットとの戦闘のせいでところどころ服が焦げており、それがルナの心配を煽《あお》ったのかそういった箇所を見かける度に顔を真っ青にさせていた。

「別に大丈夫だって」

「でも……」

ルナの心配そうな視線に、アデルは肩を竦《すく》める。

「ほら、どこも怪我してないだろ？　借りもの競走の人数合わせに参加させられても問題ないぐらいピンピンしてる」

「…………………………………………………………なんで？」

「なんで」

怪我をしていてほしかったとは恐れ入る。

「い、いやっ！　そうじゃなくて！　あの二人、本当に強かったでしょ!?　シャルロットさんは今日初めてだったけど、ユリウスお兄様は凄《すご》いって知っていたし……」

「んじゃ、俺が強いっていうのも知ってたし、見てたよな？」

心配そうにしているルナの頭に、アデルはそっと手を置いた。

そして、安心させるような優しい笑みを見せる。

「ならそんな顔すんなって。こっちはお姫様を守れたっていう勲章をもらえて嬉《うれ》しいんだからさ」

「ッ!?」

「よく頑張ったな、俺が来るまで。ほんと、お疲れさん」

自分のせいで迷惑をかけてしまったというのに。

出てきた言葉は「嬉しい」と「お疲れ」という、愚痴からは縁遠いもの。

向けられている瞳も、表情も嘘《うそ》を言っているようには思えなくて。

心底「よかった」と、そう思わせてくるようなものがあって——

(あぁ……やっぱり)

大好きだなぁ、と。

ルナは歳《とし》相応らしい熱っぽい表情を浮かべるのであった。

「ん？　どうした、ルナ？　顔が赤いが……」

「んにゃ⁉　にゃ、にゃんでもないですけど⁉」

「いや、その慌てっぷり……ハッ！　まさか、怪我を必死に誤魔化そうと——」

「また女の子を誑《たぶら》かしているのですか、ご主人様」

「うぉっ⁉」

乙女になっているだけのルナに気づかず心配しているアデルの後ろから声がかかる。

そのせいで、アデルは先程見せていた姿とは真逆の情けない反応を見せてしまった。

「はぁ……目を離した隙にすぐこれですか。量産してしまうと価値が下がってしまうというのを製造する過程で気づくべきです」

「えーっと……何に気づけと？」

　恐らく、乙女心的なアレのことだろう。

「っていうか、なんでエレシアがここに？　試験はどうした？」

「ご主人様と合流したかったので後回しにしました。本当はもう少し早く合流する予定だったのですが……こちらも似たような妨害が入りましたので。まぁ、結果は言わなくてもいいでしょうが」

　ふと、脳裏にエレシア達の試験監督の上級生の姿が浮かび上がる。

　関係性もあることから、十中八九誰と相手をしたのか理解できた。

「ルナ様も大丈夫ですか？　ボロボロですが……」

「う、うん……でも、大丈夫だよ？「影の英雄」……アデルくんが助けてくれたから」

「流石《さすが》はご主人様です。おおよその予想がまったく覆《くつがえ》されません」

　やはり、主人は誰かが困っていると見捨てられない。

　トラブルが起こった時点でこうなっているだろうと予想していたが、案の定誰かを守るために拳を握って……救い出したようだ。

「ご、ごほんっ！　俺にこれ以上何をお勉強させるのかは置いておいて——邪魔者もいなくなったことだし、さっさと試験クリアしようぜ！」

「そ、そうだねっ！　早く行こう！」

「ですが、止《とど》めを刺さずともよろしいのですか？　世の中には目には目をということの場にピッタリなことわざが都合よくありますよ？」

「のっとえぬじー！　やられたからやるのはデコピンまで！　エレシアちゃん恐ろしい子っ！」

「……まぁ、当事者が何も思わないのであれば構いませんが」

今が試験の最中だということを思い出し、三人はそれぞれ向き直る。

アデルは懐《ふところ》から時計を取り出し、時間を確認すると……残り時間は十分ほどであった。

「あー……こりゃ急いで行かねぇとマズそうだな。この歳で迷子のお知らせ対象にされるのは黒歴史入り確定だ」

「ご安心ください、ご主人様。最下層までとはいきませんがある程度下への道は分かりますので」

「おーけー、流石だ相棒そういうところ大好き」

「ふふっ、私もご主人様の素直な性格は大好きですよ」

「むぅー」

「なんで俺の横で美少女が頬を膨らませてんの？」

試験監督を置いて行ってしまう……などという懸念《けねん》が少しあるが、合格しないことには言い訳も何もできない。

もちろん、シャルロットを倒したので保険の線は消えただろうが、今確実な答えはでない。

そのため、アデル達はすぐにこの場から走り出した。

その時——

「あの、アデルくん」

横を並走するルナが、アデルの顔を覗《のぞ》き込む。

そして、頰を膨らませていた時とは違う、歳相応の子供らしい……見惚《みと》れるような満面の笑みを向けてきた。

「ありがとっ、私を助けてくれて！」

派閥争い、定期試験。

それらが絡《から》んだ一件。

その全てが、今こうして幕を下ろした。

◆◆◆

体のふしぶしが痛い。

だから目が覚めてしまった……というわけではないのだろうが、シャルロットはゆっくりと瞼《まぶた》を開けた。

ぼやけている視界。徐々に鮮明になっていき、見えてくるのはダンジョンの天井。

この時点で、シャルロットは諸々《もろもろ》己の現状を理解する。

そして――

「目が覚めたか、シャルロット」

首をふと横へ向ける。

そこには制服が土で汚れながらも気にした様子もなく座っているカインの姿があった。

「……そうか、負けたか」

「互いにな」

起き上がることはしない。

体が鉛のように重いというのもあるだろうが、傍《はた》から見ているとシャルロットは何か噛《か》み締めているように思える。

そんなシャルロットは、ゆっくりと口を開いた。

「主人はどうした？」

「寝かせてある。といっても、まだ起き上がる様子はないがな」

「……起きたら大変だろうね。待っているのは夢であってほしいと願う現実なのだから」

ユリウスは負けた。

いや、正確に言うとシャルロットが負けた時点でユリウスの敗北が確定した。

シャルロットの魔法は気を失った時点で強制終了《シャットダウン》される。

今頃、講堂ではいきなり消えたユリウスに生徒や講師が驚いていることだろう。

そこへアデル達が戻り、事情でも説明されればいよいよお終《しま》い。三人が揃《そろ》っていないのだから、言い逃れなどできない。

そして、己の魔法が明るみになった時点で、今までのものまでもが掘り返され裁かれる可能性が高い。

「君は上手《うま》い言い訳でも考えておいた方がいいよ。三人の中だけで言えば、君が一番白に近い……なんだかんだ、君だけは最後の一線を越えなかったからな」

「今更遅いだろう。今回の件で第三王子は継承権争いから排除される。実家もすぐに馬を乗り換えて俺を切り捨てるはずだ」

「……貴族というのは恐ろしいね、平気で家族をトカゲのしっぽに見立てるのか」

自分とは大違い。

しっぽではなく胴体。家族を切り捨てられなかったからこそ、今ここにいる。

違う環境で違う心情なのに、どうして同じ船の上にいるのか？　シャルロットは横にいるカインが不憫《ふびん》に見えてしまった。

その同情の瞳が分かったのか、カインは長く共にしてきた少女に肩を竦《すく》める。

「君が気にするようなことではない。むしろ、やっと肩の荷が下りたぐらいだ」

「だけど……」

「それに、君もだろう？　どこか清々《すがすが》しい顔をしている」

シャルロットは己の顔を触る。

そんな顔をしているのだろうか？　と。残念なことにここには鏡がないのでよく分からないが。

しかし、なんとなく……己がそんな顔をしているというのは納得ができた。

「……きっと、君と同じ理由なんだろうね」

割り切っていたはずなのに、どこかで何かを思っていた。

悪事に手を染めることが。孤児院の皆と顔を合わせる度に渦巻く罪悪感が。

これで家族を救うことはできなくなる……というのに、不思議と安堵《あんど》してしまった。

その時、カインが懐から何かを取り出した。

それは——

「青《せい》、白草《はくそう》……ッ!?」

青白く発光する花。

シャルロットはその植物を見た瞬間、勢いよく体を起こした。

何せ、その植物は中々手に入らないとされる……悪彩病《あくさいびょう》の、特効薬の材料なのだから。

「何故《なぜ》、それがここに!?」

「君を見つけた時、傍《かたわ》らに置いてあった。火があがっていたからな、申し訳ないが飛び火しないよう持たせてもらった」

カインは一本数百万以上もする青白草を躊躇《ちゅうちょ》なくシャルロットに渡した。

一本ではなく、何本も。シャルロットは受け取った瞬間に何度も確認し……涙を流す。

「あぁ……本物だ。ずっと手に入らなかったものが、ついに……ッ！」

久しく見た、歳相応の姿。

カインは親しい少女の滅多に見ない姿を見ると、思わず口元が綻んでしまった。

「まぁ、誰が置いたのかは言わなくてもいいだろう。その場にいなかった俺ですら、なんとなく君の英雄《ヒーロー》の姿が分かる」

シャルロットは顔を上げ、ふとある少年の言葉を思い出した――

『出会った時……初めから俺に「助けて」って言えばよかったんだ。誰がどんな事情を抱えていようと、「黒騎士《おれ》」はこれまでずっとそのために拳を握っていたんだから』


漆黒の剣を携えた騎士。

誰かのために拳を握れる英雄《ヒーロー》。

シャルロットは天井を仰ぎ、涙を拭った。

「あの子は悪役《ヒール》にまで手を差し伸べるのか……」

シャルロットは大事そうに青白草を抱える。

もうあまり火の手が見えないというのに、大事そうに。

「お礼を、言わないといけないね」

「あぁ、そうだな」

「……いや、その前にあの子に謝らないと」

「……そうだな。まぁ、牢屋《ろうや》にぶち込まれる前に謝罪の機会があるといいが」

平然と、カインは笑みを浮かべながらそのようなことを口にする。

シャルロットはその様子に、ふと口を開いた。

「やっぱり、君は引き返した方がいいんじゃないか？　君が牢屋に入るというのは、その……」

「言うな、シャルロット。君がそっちに行くというのに、一人だけ傍観者というのは些《いささ》か気に食わん」

どうして、と。シャルロットは口にする。

それを受けて、カインは――

「惚《ほ》れている女といられるんだ、ある意味しがらみがある場所よりかは生きやすい」

シャルロットの顔が真っ赤に染まる。

初めて聞いた、さり気なく紡《つむ》がれる想《おも》い。

またしても歳《とし》相応な反応。シャルロットは恥ずかしそうに花に顔を埋《うず》めると、すぐさま口元を緩めた。

「打ち首に、されないといいね」

「牢屋の中で一生という可能性もあるがな」

「もし外に出られたら、私の故郷に来ないかい？　自然豊かでいいところだ、シスター達も君のことは気に入るだろうさ」

「魅力的な提案だな、せっかくだ……主君も一緒に連れていこう。行く宛てがなくなるかもしれん」

「ははっ、皿洗いができるか心配だけど」

誰もいなくなったダンジョンの中。

これから先に待っているのが地獄だと分かっていながらも、二人は笑う。

もしかしなくても、それは色々解放されたからかもしれない――

エピローグ

結論から言うと、ユリウス達三人は退学となった。

加えて、殺人未遂の容疑までかけられているため、試験が終わった翌日の現在、王都の地下にある牢屋に幽閉されている。

事が公になってしまったこともあって、これから色々騎士団を中心に捜査が始まっていくことになるだろう。

三人の身がどうなるか、間違いなくこの捜査次第。ただ、確かに言えることは……ユリウスの野心は、この時点で潰《つい》えた。

それに関連して——ルナを取り巻く問題は解決したと言ってもいい。

「っていうわけで、本当にお世話になりましたっ！」

昼休憩、教室の中。

そこで、一国の王女が頭を下げるという構図が発生した。

頭を向けられているのは、今回の一番の功労者であるアデルであり——

「おう、気にすんな」

「ありがとう……でも、生まれたての小鹿のように足が震えてるのは気になる」

……そのアデルは、情けないぐらい足が震えていた。

「はぁ……授業をサボるからですよ、ご主人様。授業の欠席が人体に影響を及ぼすなど、以前の肉体言語で理解したではありませんか」

「ですが大将！　俺、今回めっちゃ頑張ったの白馬の王子様になったの！　流石《さすが》にお休みしないと次のシチュエーションで落馬しちゃうの！」

「……ねぇ、なんでサボっただけで足が震えるの？」

「さぁ？　私には分からねぇ世界です」

必死に涙を流しながら訴えるアデルを余所《よそ》に、ルナとセレナは首を傾《かし》げる。

まだ懺悔《ざんげ》室に足を踏み入れていない子は、学園の非情さに気がついていないようだ。

「そういえば、ルナ様。頼まれていたものですが」

アデルに説教をしていたエレシアが、思い出したように口にする。

「例の件、さっきうちの者に渡して届けてもらうようお願いしておきました」

「ありがとう、エレシアちゃん！」

「気にしないでください、こういう裏方仕事もメイドの務めでございます」

エレシアは言葉通り、恩を感じさせない柔和《にゅうわ》な笑みを向けた。

「頼まれていたもの？」

一方で、よく分からない発言にアデルは首を傾げた。

やり取りを聞く限り、二人の間で話があったみたいだが――

「あー……うん、一応お使いをお願いした、感じかな？」

「ですが、青白草なんて珍しい植物をよく持っていましたね。しかも、お送り先は辺境の街の孤児院宛てとは」

ビクッ、と。アデルの背中が跳ねる。

それは一瞬のこと。しかし、ご主人様ラブなエレシアが見逃すはずもなく。

「……ご主人様？」

「んー、あーっはははははははっ！　なんだろうね俺知らないや足ガクガクだからー！」

「すげぇです、こんなに分かりやすい顔見たことねぇです」

「……アデルくんは嘘《うそ》がつけない人だねぇ」

「よくそれで『黒騎士』の話を隠そうとしているものです」

各種方面からバッシングである。

「アデルくんがこんな感じだからちょっとだけ言うけど……まぁ、人助けかな？」

「人助け？」

「うん、『黒騎士』様が手を差し伸べた人だったから、放っておけないし……それに、許せはしないけど謝ってもらったからね。私もそれ以上は非道になれないよ」

ルナの言葉を受けて、他の二人はそれぞれジト目を向ける。

もう、二人からしてみれば誰が誰に対して贈ったものだと分かったのだろう。

アデルは居心地が悪そうにそっぽを向いた。

いいじゃん別に、なんて拗《す》ねたような愚痴も零《こぼ》しながら。

「ま、まぁまぁ！　ユリウスお兄様もいなくなって一件落着したんだし、あんまりそんな目を向けないであげて、ねっ!?」

「……一部では、レディーからの冷たい視線は男にとってはご褒美《ほうび》になるみたいです」

「そうなの!?」

「こらこら全世界のジェントルマンに謝って！　そんなの一部限定に決まってるじゃん！」

「……ご主人様」

「あれ、なんで引き続き俺にそんな目を向けるの功労者だよ俺!?」

わいわいがやがや。

昼休憩の教室に、四人の賑《にぎ》やかな声が響き渡る。

無論、今最もホットな人間達の会話だ。クラスの皆が注目しないわけがなく――

『なぁ、ユリウス様達退学になったんだぜ？』

『一緒にいたはずなのに一瞬で消えちゃったし……そういうことなんだよね？』

『しかも、あいつら三人を倒した上で合格してたし……』

『す、すっげぇ……恥さらしって話、もう面影ねぇじゃねぇか……』

『私、これから勝てるかなぁ……』

今回の試験で、一学年は二割が学園を去った。

それ以上に、本来なら去るはずもない二学年のトップスリーが一気に退学。

この話が問題にならないわけがなく、試験が行われた翌日の今日には学園中に話は広まっていた。おかげで、その渦中《かちゅう》にいたアデル達も同じように話題に挙がるようになったのだが――

「エレシア、腹減った弁当プリーズ」

「ふふっ、承知しました」

「あれ、二人共もお弁当なの？」

「ええ、ご主人様に手作りを食べさせてあげたいので」

「むむっ、目下最大の敵の女子力が高すぎやがります。姫さんが置いていかれないといいのですが……」

「あれ、結構女子力高い枠を確保してたつもりなんだけどな私⁉」

――もちろん、二人が気にする様子もなく。

それぞれ、昨日のことがなかったかのように学園生活に染まっていった。

「ご主人様」

その時、エレシアが弁当箱を広げながら口を開く。

さり気なく、皆から見られないようこっそりとお淑《しと》やかな笑みを浮かべて――

「お疲れ様でした」

何に？　なんて無粋なことは言わない。

アデルはエレシアの浮かべた柔らかな笑みを受けて、己もまた同じように口元を綻ばせたのであった。

「おう、エレシアもお疲れさん」

『黒騎士』。かの英雄。

ほとぼりが冷めるまでの三年間。

彼の学園生活は、まだ始まったばかりだ――

あとがき

初めましての方は初めまして、お久しぶりの方はお久しぶりです、楓原《かえではら》こうたです。

この度は本作をお手に取っていただきありがとうございます。

こちらの作品は、第9回カクヨムWeb小説コンテストのカクヨムプロ作家部門、編集部激推し賞で受賞した内容を加筆、改稿してお届けしております！

なので、もしカクヨム版を読んでくださった方は「あれ？　こんな話だっけ？」「あのキャラいなくね？」と思われたかもしれません。そこはごめんなさい。

色々と編集さんと吟味させていただいた結果、このようなかたちになりましたが……個人的にはかなりブラッシュアップできたと思っております。

何せ、カクヨム版はキャラが多すぎて……恐らく、情けないですが作者次がもしあれば混乱すると思います！

今回は「身バレ」に重点を置いてヒーローが学園で無双するお話となっております。

普段はおちゃらけて自堕落を好む情けない男ですが、どこまでもお人好《ひとよ》しで優しい……

そんなギャップの主人公をこの作品の主軸とさせていただきました。

個人的にはなりますが、こういうギャップのあるキャラクターが大好きで……ついつい、筆が乗ってしまって合わなかった方もいらっしゃるかもしれません。

ですが、「面白い！」と、そう思って頑張って書かせていただきました！　読者の方々に、ここまで読んでくださって「面白い！」と、そう思っていただけていたら非常に嬉《うれ》しいです。

最後に編集様、へいろー先生、出版に携わってくださった関係者様、お手に取ってくださった読者の皆様、改めてありがとうございました。

こうして本として出させていただいたのも、皆様のおかげでございます。

また次にお会いできるのを、ぜひとも楽しみにしております。

お便りはこちらまで

〒一〇二－八一七七
ファンタジア文庫編集部気付
楓原こうた（様）宛
へいろー（様）宛

富士見ファンタジア文庫

仮面《かめん》の黒騎士《くろきし》。正体《しょうたい》バレたので もう学園《がくえん》でも無双《むそう》する

令和7年3月20日　初版発行

著者――楓原《かえではら》こうた

発行者――山下直久

発　行――株式会社KADOKAWA
〒102-8177
東京都千代田区富士見2-13-3
0570-002-301（ナビダイヤル）

印刷所――株式会社暁印刷

製本所――本間製本株式会社

本書の無断複製（コピー、スキャン、デジタル化等）並びに無断複製物の譲渡および配信は、著作権法上での例外を除き禁じられています。また、本書を代行業者等の第三者に依頼して複製する行為は、たとえ個人や家庭内での利用であっても一切認められておりません。

※定価はカバーに表示してあります。
●お問い合わせ
https://www.kadokawa.co.jp/（「お問い合わせ」へお進みください）
※内容によっては、お答えできない場合があります。
※サポートは日本国内のみとさせていただきます。
※Japanese text only

ISBN978-4-04-075781-0 C0193　◇◇◇

©Kota Kaedehara, Heiro 2025
Printed in Japan

切り拓け！キミだけの王道
ファンタジア大賞
原稿募集中！
賞金
《大賞》300万円
《金賞》50万円
《銀賞》30万円
選考委員
細音啓「キミと僕の最後の戦場、あるいは世界が始まる聖戦」
橘公司「デート・ア・ライブ」
羊太郎「ロクでなし魔術講師と禁忌教典《アカシックレコード》」
ファンタジア文庫編集長
前期締切 8月末日
後期締切 2月末日
公式サイトはこちら！ https://www.fantasiataisho.com/
イラスト／つなこ、猫鍋蒼、三嶋くろね